Ein Kinderkrimi von
Julia Volmert

Drei Detektive auf dem Holzweg

edition albarello

Mit Zeichnungen
der Autorin

INHALT

DIE SCHATZSUCHER

„Völliger Schwachsinn, diese Aktion“, knurrte Freddi verärgert und stieß den Spaten in den felsigen Boden. „Ich hab diese blöde Buddelei satt. Bei der Hitze! Ich gehe jetzt ins Freibad.“

Er warf den Spaten zu Boden, dass es nur so schepperte.

„Pah – Schwächling! Geh doch – dann finde ich den Schatz eben alleine“, gab Jana schnippisch zurück.

Es war Mitte Mai und seit drei Tagen herrschte brütende Hitze. Auf dem kleinen Abhang hinter dem Pfarrhaus gab es keinen Schatten und der Boden schien nur aus Steinen zu bestehen.

Eigentlich hatte auch Jana keine Lust mehr zu buddeln. Aber schließlich war es ihre Idee gewesen, das Ende des Geheimganges an diesem Abhang zu suchen.

In den Osterferien hatten sie nämlich von Herrn Grünlich, dem Biolehrer, erfahren, dass es angeblich vom Keller des Pfarrhauses einen Geheimgang zum Flüsschen geben sollte. Der Geheimgang hatte Jana natürlich keine Ruhe gelassen. Aber leider war Frau Steinbrink, die Pfarrhaushälterin, knallhart geblieben, als Jana mit dem Spaten vor der Tür stand.
„In meinem Vorratskeller wird nicht gegraben! Nur über meine Leiche kommst du da rein“, hatte sie gesagt. Und sie sah noch ziemlich gesund aus.
Aber Jana gab nicht so schnell auf. Die Gelegenheit, einen Geheimgang zu finden, hatte man schließlich nicht oft im Leben.
Und wo ein Geheimgang ist, konnte ein Schatz nicht weit sein. Da war Jana sich ziemlich sicher. Lange hatte sie überlegt, wie man das Hindernis „Frau Steinbrink“, das zwischen ihr und dem Schatz stand, umgehen konnte. Ihr ein Schlafmittel geben? Warten, bis sie mal Urlaub machte? Aber dann war immer noch Pfarrer Blessmann da. Pfarrer Blessmann war auch der Grund, aus dem man sich nicht einfach vom Garten in den Keller durchbuddeln konnte: Er hatte nämlich ein Rosenbeet, mit dem er furchtbar pingelig war. Er wollte einfach nicht einsehen, dass Schätze wichtiger sind als Rosenbeete.
Jana hatte sogar an einen nächtlichen Einbruch im

Pfarrhaus gedacht, bis sie schließlich auf die Idee kam, die Sache von hinten anzugehen. Wenn der Geheimgang am Flüsschen endete, brauchte sie ja nur den Ausgang zu suchen!

Sie war also jeden Tag nach der Schule zum Ufer des Flüsschens gegangen und hatte gesucht. Außer unzähligen Kratzern von den Brombeerranken, die dort wuchsen, hatte die Suche aber nichts eingebracht.

Im Schulbus hatte Jana Freddi von dem Misserfolg erzählt.

„Bestimmt ist der Ausgang eingestürzt – sonst hätte jemand anders ihn schon längst gefunden“, hatte Freddi vermutet.

„Dann müssen wir in gerader Linie zwischen Pfarrhaus und Flussufer graben, um auf den Gang zu stoßen“, war Janas Überlegung gewesen. Sie hatte gleich einen kleinen Plan gezeichnet, mit einem Kreuz an der Stelle, wo sie graben wollte.
So standen sie also bei dieser Bruthitze an dem Abhang und gruben – das heißt, Jana stieß erbost ihren Spaten ins Gestein, während Freddi seine Sachen zusammenpackte. Plötzlich machte es „krack“ und Jana hielt den Spatenstiel in der Hand. „So ein Mist! Einfach abgebrochen. Und ich habe Papa nicht gefragt, ob ich den Spaten haben darf“, stöhnte sie. Es blieb ihr also nichts anderes übrig, als auch aufzuhören. „Ich gehe erst mal in Tante Lenis Lädchen und frage, was ein Spatenstiel kostet. Vielleicht kann ich den Spaten reparieren, bevor meine Eltern was merken“, sagte Jana, als sie ins Dorf trotteten. „Die Suche nach dem Geheimgang müssen wir wohl verschieben.“
Freddi nickte: „Ich habe sowieso keine Lust mehr. Wir finden ja doch nichts. Ich frage Björn und Ivo, ob sie mit mir schwimmen gehen – obwohl die in letzter Zeit ziemlich blöd sind.“
„Ich fand die schon immer total blöd“, grinste Jana, „allerdings benimmt sich seit den Osterferien auch meine Freundin Bettina etwas seltsam. Dabei haben wir uns früher jeden Nachmittag getroffen.“

Freddi grinste zurück. „Und ich fand Bettina schon immer etwas seltsam!“
Sie waren auf dem Marktplatz vor dem Hotel „Zum Wilden Schwein“ angekommen. Hier war Freddi zu Hause, denn das Hotel gehörte seinen Eltern.
„Wir sehen uns morgen im Schulbus. Tschüss!“

MIRIAM HAT PECH

Miriam klappte ihr Heft zu. Die Luft in der Dachwohnung war stickig und heiß. Aber wenn sie das Fenster öffnete, hörte sie den Lärm der großen Straße noch lauter.
„Ich bin fertig mit den Hausaufgaben. Können wir jetzt ins Schwimmbad fahren?“, fragte Miriam.
Ihre Mutter blickte kaum vom Computer auf: „Nein, mein Schatz. Ich bin noch nicht fertig. Aber am Wochenende, da unternehmen wir zusammen was Tolles – das verspreche ich dir. Hol uns beiden doch zum Trost ein dickes Eis. Ich kann auch etwas Abkühlung gebrauchen.“
Sie schob Miriam ihre Geldbörse zu und begann wieder zu tippen. Miriam zog eine Schnute. Sie wäre so gerne schwimmen gegangen.

Aber ein Eis war auch nicht schlecht. Und auf ein Wochenende mit Mama freute sie sich riesig, zumal Montag noch ein Feiertag war.
Etwas fröhlicher polterte sie die Treppe hinunter, sodass Frau Meika aus dem dritten Stock die Tür aufriss und hinter ihr her rief: „Niemand in diesem Haus nimmt Rücksicht auf eine alte Frau, die ihr Nickerchen machen will."
Miriam kicherte. Frau Meika hatte sicher kein Nickerchen gemacht – dafür war sie viel zu schnell an der Tür gewesen. Vermutlich hatte sie nur auf ein Opfer gelauert, das sie anmotzen konnte.
Die Eisdiele war direkt gegenüber. Aber zwischen Miriam und dem Eis lag die große Kreuzung. Und die Fußgängerampeln sprangen, wie um sie zu ärgern, immer auf „Rot".
Schließlich stand sie in der Eisdiele. Miriam kaufte zwei Eis mit fünf dicken Kugeln und lief zurück. Es war so heiß, dass das Eis sofort zu schmelzen begann. Und dann fiel auch noch die Ampelanlage aus. Alle Ampeln blinkten „Gelb" und innerhalb von Augenblicken entstand auf der Kreuzung ein großer Wirrwarr. Die Autos auf der Hauptstraße fuhren alle weiter und die, die aus den Seitenstraßen kamen, hupten wie wild.
Miriam stand mit dem tropfenden Eis auf einer

Verkehrsinsel wie auf einem Felsen im Meer. Sie leckte abwechselnd mal an dem einen Eis, mal an dem anderen und fragte sich, wie lange sie hier wohl stehen bleiben musste.

Platsch – zwei Eiskugeln fielen zu Boden. Die Hörnchen waren schon ganz durchgeweicht.

Die Autos fuhren und fuhren. Eine riesige Schlange, die kein Ende nahm.

Endlich kam ein Verkehrspolizist auf einem Motorrad angefahren und hielt neben Miriam. Er stellte das Motorrad auf der Verkehrsinsel ab, nahm den Helm herunter und lächelte Miriam an.

„So – jetzt halte ich erst mal den Verkehr an, damit du mit deinem Eis nach Hause kommst. In welche Richtung willst du denn?“

Miriam strahlte erleichtert: „Bin ich froh, dass Sie gekommen sind. Ich habe schon gedacht, ich wäre hier gefangen, bis die Ampel repariert ist! Ich muss da rüber.“

Der Polizist schwenkte seine Kelle und stoppte als Erstes den Autostrom auf der Fahrbahn, die Miriam überqueren musste.

„Vielen Dank!“, rief sie und lief nach Hause.

Ihre Mutter hockte noch immer vor dem Computer. Miriam hielt ihr die klebrigen Überreste des Hörnchens mit fast flüssigem Inhalt unter die Nase.

„Vorsicht – tropf bloß nichts auf die Tastatur“, sagte ihre Mutter. „Wo warst du überhaupt so lange?“ Sie biss in das wabbelige Hörnchen und schüttelte sich. „Igitt – tu mir einen Gefallen: Schmeiß das weg und wasch dir die Hände!“

„Ich ...“, fing Miriam an.

Aber Mama tippte schon wieder wie wild und machte ihr „Stör-mich-bloß-nicht-Gesicht“.

Miriam ging ins Bad. Sie schob sich das restliche Eis in den Mund, drehte kaltes Wasser auf und setzte sich, so wie sie war, mit T-Shirt und kurzer Hose in die Wanne.

Jetzt war ihr schön kühl. Warum konnte Mama nicht einmal mit ihr schwimmen gehen? Oder wenigstens mal zuhören?

Das Telefon klingelte. Sie hörte, wie Mama sich meldete:

„Hier Dellbrück ... ach, Sie sind es, Herr Steimer. ... Nein, das geht schlecht. Ich habe meiner Tochter versprochen, dass wir am Wochenende was unternehmen. ... Könnte nicht Herr Schulz ... ach, der ist krank – ja dann ... Lässt sich der Termin nicht verschieben? ... Na gut. Wenn es nicht anders geht, bin ich Samstag im Büro. ... Ob die Diskette morgen fertig ist? Ich werd's versuchen. ... Ja ... bis morgen, Herr Steimer.“

Miriam ließ sich zurück ins kalte Wasser sinken.

Das Wochenende mit Mama war also gestorben. Wenn Herr Steimer, Mamas Chef, anrief, bedeutete es meistens, dass sie noch mal ins Büro musste oder dass sie auch am Wochenende arbeiten sollte.
Dabei hatte Mama seit einer Weile den Computer, damit sie auch zu Hause arbeiten konnte.
„Dann bin ich nicht mehr so oft weg“, hatte sie zu Miriam gesagt.
Aber eigentlich war es seitdem nur noch schlimmer geworden. Mama war genauso oft weg wie früher und wenn sie da war, musste sie auch arbeiten.
Und jetzt wieder ein Wochenende alleine! Miriam musste ein bisschen weinen.

Da öffnete sich die Badezimmertür und Miriams Mutter kam herein. Sie setzte sich auf den Wannenrand.

„Ach, mein Kleines. Du hast also gehört, was ich mit Herrn Steimer besprochen habe? Es tut mir ja so Leid, dass ich am Wochenende wieder arbeiten muss! Ein wichtiger, neuer Kunde will sich unsere Adressendateien für Computer vorführen lassen."

„Kann der Steimer nicht alleine zu seinem blöden Kunden fahren, wenn er schon so wild darauf ist, am Wochenende zu arbeiten?", wollte Miriam wissen.

Ihre Mutter schüttelte den Kopf: „Leider nicht. Er kann überhaupt nicht mit Computern umgehen. Wenn Herr Steimer etwas vorführt, funktioniert es garantiert nicht. Die Firma wäre bestimmt pleite, wenn nicht Herr Schulz oder ich mit zu den Kunden fahren würde." Sie nahm Miriam in den Arm, so, dass auch sie ganz nass wurde.

„Es tut mir ja so Leid. Ich weiß doch, wie du dich auf das Wochenende gefreut hast. Aber vielleicht hat deine Freundin Anna Lust hier zu übernachten? Und ich bitte Frau Meika nach euch zu sehen."

„Anna fährt mit ihren Eltern weg. Und wenn die doofe Frau Meika auf mich aufpassen soll, dann haue ich von hier ab." Miriam schluchzte wieder.

„Außerdem hält man es hier bei der Hitze nicht aus.

Kann ich nicht zu Jana fahren?“
Mama runzelte nachdenklich die Stirn. „Es wäre natürlich toll, wenn du zu deiner Kusine fahren könntest. Aber ich kann dich nicht mit dem Auto bringen. Du müsstest ganz alleine mit dem Zug fahren.“
Miriam sah wieder etwas zufriedener aus: „Das schaffe ich schon! Ich rufe gleich Tante Anja und Onkel Klaus an, ob ich kommen darf.“

DAS GEHEIMNISVOLLE TELEFONGESPRÄCH

Jana stürmte in Lenis Lädchen, dass die Ladenglocke dreimal klingelte.
„Tante Leni – hast du einen Spatenstiel für mich?"
Tante Leni verkaufte alles Mögliche in ihrem Laden, vom Brötchen bis zum Klopapier, aber Spatenstiele führte sie nicht.
„Tut mir Leid, Jana. Da musst du wohl in Thalheim im Baumarkt nachfragen. Ich habe so was nicht hier."
„Ist ein Spatenstiel teuer?", wollte Jana wissen.
„Ja – ich denke, so 25 DM wird's kosten", sagte Tante Leni.
Jana wurde grün um die Nase.
„So viel? Das ist ja das Taschengeld von Wochen! O wei – das gibt Ärger. Papa will am Wochenende sicher das Gemüsebeet umgraben und dann merkt er,

dass der Spaten kaputt ist. Und 25 DM habe ich nicht!“
Tante Leni schüttelte den Kopf: „Du bist aber auch ein Racker! Du hast nicht gefragt, ob du den Spaten haben darfst, was?“
Jana nickte kleinlaut.
„Pass mal auf. Ich habe im Hinterhof noch einen alten, durchgerosteten Spaten stehen, aber der Stiel ist noch gut. Du kannst ihn haben – ich habe mir vor einiger Zeit einen neuen Spaten gekauft.“
„Ach, Leni – du bist klassemäßig supernett!“, freute sich Jana und hopste im Laden herum. Da fiel ihr plötzlich etwas ein: „Und was soll ich dir dafür zahlen? Ich habe doch nur noch drei Mark!“
Tante Leni lächelte: „Behalte deine drei Mark. Du kannst mal helfen das Lager aufzuräumen. So – und jetzt geh ruhig auf den Hof und hol dir den Spaten!“
Jana nickte und lief auf den Hinterhof. Hier stand allerhand Gerümpel herum, leere Obstkisten und Kartons, sodass Jana den Spaten nicht gleich fand.
Sie hörte, wie im Haus gegenüber, das den Hof von der anderen Seite begrenzte, ein Telefon klingelte.
Da stand ja der Spaten! Hinter dem Regenrohr. Jana nahm ihn und wollte gerade gehen, als das Telefon aufhörte zu klingeln.
„Ja – Ernst“, sagte eine Männerstimme. „Ah – du bist’s, Bea. Mhm, alles klar. Morgen geht’s los. Alles bestens

vorbereitet. Bin schon ziemlich nervös – ist schließlich das erste Mal, dass ich mich auf so'ne Sache einlasse."
Jana stockte der Atem. Ob da jemand was Kriminelles plante? Sie stand ganz still und lauschte, obwohl sie wusste, dass das unfein war. Aber wenn es um die Verhinderung von Untaten ging, waren auch unfeine Methoden zulässig.
„Ja – ich kann's auch kaum glauben, dass diese feinen Pinkel so'n Haufen Kohle springen lassen für …"
In diesem Moment rief Tante Leni: „Jana! Hast du den Spaten gefunden?"
Das Fenster im Erdgeschoß wurde zugeklappt, sodass Jana den Rest des Gespräches nicht mehr mitbekam.

„So ein Mist“, dachte sie. Sie wollte später schließlich Kriminalistin werden, auch wenn sie seit einiger Zeit schwankte, ob Schatzsucherin nicht doch der bessere Beruf war.
Aber das mühsame Graben in der Mittagshitze hatte die Schatzsucherfreude doch etwas getrübt. „Wofür lässt ein ‚feiner Pinkel‘ wohl ‚Kohle springen‘? Und auf was für eine Sache will sich Herr Ernst morgen einlassen?“, grübelte Jana.
Sie nahm den Spaten und lief zurück in den Laden: „Vielen Dank, Tante Leni. Sag mir Bescheid, wenn ich dir beim Aufräumen helfen soll!“ Schon war sie aus dem Laden und knallte die Tür genauso wie beim Hereinkommen, sodass die Ladenglocke wieder dreimal klingelte.
Tante Leni schüttelte lächelnd den Kopf.

Freddi suchte seine Badesachen zusammen und wollte durch den Hintereingang des Hotels verschwinden. Er wäre beinahe mit seinem Vater zusammengestoßen, der mit einer großen Kiste voll frischem Gemüse hereinkam.
„Halt, mein Sohn! Wohin so eilig? Du weißt doch, dass morgen Nachmittag eine Reisegruppe ankommt. Solltest du nicht noch frische Handtücher auf die Zimmer bringen?“, fragte Freddis Vater.

Das stimmte. Freddi hatte seiner Mutter versprochen, dass er sich um die Handtücher kümmern wollte.
„Ach bitte – ich will jetzt schwimmen gehen. Ich mach's später, ja?"
Ohne eine Antwort abzuwarten drängelte sich Freddi nach draußen, schnappte sein Fahrrad und radelte über den Marktplatz Richtung Kirchgasse. In einem dreistöckigen Mietshaus, ziemlich am Ende der Gasse, wohnte Björn.
Eigentlich waren sie ja immer dicke Freunde gewesen: Freddi, Björn und Ivo. Vor einiger Zeit hatten sie den „Club der Mädchenhasser", abgekürzt „CDM" gegründet. Die strengen Richtlinien des Clubs besagten, dass jedes Mitglied sich verpflichtete, mit Mädchen nie mehr als das Nötigste zu sprechen und sich vor allem später nie zu verlieben und nie zu heiraten.
„Sich mit einem weiblichen Wesen in einem Raum aufzuhalten ist entwürdigend – meine Mama natürlich ausgenommen", pflegte Ivo immer zu sagen. Ivo war auf die Idee gekommen diesen Club zu gründen. Er hatte nämlich zwei nervende Schwestern.
Freddi war ein treues Mitglied des CDM gewesen – bis zu den letzten Osterferien. Da waren Björn und Ivo verreist gewesen und Freddi hatte sich mit Jana und ihrer Kusine Miriam angefreundet.

Freddi klingelte. Kurz darauf erschien Björns Kopf im mittleren Fenster des dritten Stocks.
„Was willst du, Verräter?“, rief er herunter.
Freddi wurde rot: „Wieso Verräter? Ich wollte mit euch schwimmen gehen!“
Jetzt erschien auch Ivos Kopf: „Wegen der Osterferien haben wir ja ein Auge zugedrückt. Schließlich war kein Mann im Dorf zurückgeblieben. Du musstest die Schmach erdulden mit Jana zu spielen. Aber jetzt sind wir ja da – und du hast dich heimlich mit ihr getroffen. Was habt ihr mit dem Spaten gemacht?“
Mist – sie hatten ihn also beobachtet. Jetzt steckte er in der Klemme. Natürlich war die Schatzsuche Janas und sein Geheimnis. Aber Björn und Ivo ahnten sicher, dass etwas Aufregendes hinter der Buddelei steckte. Vermutlich hatten sie sich den ganzen Nachmittag gelangweilt und brannten nun darauf, zu erfahren, worum es ging. Und wenn Freddi nichts verriet, drohte ihm womöglich der Ausschluss aus dem Club der Mädchenhasser.
„Was ist denn nun – sollen wir schwimmen gehen oder nicht?“, versuchte Freddi abzulenken.
„Ist doch keine üble Idee, nur bitte ohne den da“, hörte er von oben eine Mädchenstimme sagen.
Eine Mädchenstimme?
Björn und Ivo schauten verlegen in die Luft und taten,

als hätten sie nichts gehört.
Freddi bekam wieder Oberwasser: „Wen haltet ihr da oben versteckt? Wenn das nicht Bettinas Stimme gewesen ist, fresse ich einen Besen! Was hat diese blöde Ziege im CDM zu suchen? Wer ist denn nun der Verräter?“
Jetzt erschien auch Bettinas kurzer, blonder Schopf im Fenster. „Wenn du mit Jana ewig blöde, kindische Detektivspiele machst, fällt uns allemal was Besseres ein!“
Freddi verstand die Welt nicht mehr. Den Club der Mädchenhasser konnte Mann wohl jetzt vergessen, nachdem sich Bettina dort niedergelassen hatte. Ihm war die Lust vergangen mit diesem Trio schwimmen zu gehen. „Ich soll ein Verräter sein! Pah – dass ich nicht lache. Ihr hängt bei der Hitze im Zimmer rum und langweilt euch zu Tode, wenn ihr nicht gerade andere Leute bei der Gartenarbeit bespitzelt. Bestimmt werdet ihr euch auch das ganze Wochenende gegenseitig anöden – ‚Club der Langweiler‘ sollte man euch nennen. Jana und ich dagegen werden …“, hier machte Freddi eine bedeutungsvolle Pause.
Oben im Fenster drängten sich drei Köpfe.
„Was werdet ihr?“, wollte Ivo wissen.
„Ach – ich will euch ja nicht mit unseren ‚kindischen‘ Plänen belästigen.“ Freddi grinste triumphierend,

schwang sich auf sein Rad und sauste davon.
Zuerst hatte er ein richtig gutes Gefühl. Jetzt würden die drei aber grübeln, was Jana und er vorhatten. Dann fiel ihm plötzlich auf, dass es wohl ein Fehler gewesen war, sie neugierig zu machen. Immerhin wussten sie, dass er mit Jana nach etwas gegraben hatte. Sie mussten Jana und ihn also beschattet haben. Überhaupt merkwürdig, dass sich Björn und Ivo auf einmal mit Bettina verbündeten. Nur schade, dass er jetzt keinen hatte, der mit ihm schwimmen ging. Freddi beschloss zu Jana zu fahren, um sie zu warnen.

LAUSCHER UND BELAUSCHTE

Jana schlich gerade aus dem Geräteschuppen und erschrak furchtbar, als Freddi das Gartentor vor dem petersschen Haus öffnete.

„Ach, du bist's nur. Ich dachte schon, es wären meine Eltern. Übrigens gut, dass du kommst. Ich muss dir gleich was Wichtiges erzählen. Aber schau erst mal, Freddi", Jana deutete durch das Fenster in den Schuppen, „meinst du, dass das mit dem Spaten auffällt?"

Freddi spähte in den dämmrigen Schuppen. „Na ja – fällt schon ein bisschen auf, dass der Spaten geflickt ist", sagte Freddi.

Jana nickte zweifelnd. „Na ja – ich hatte es mir einfacher vorgestellt, einen Spaten zu reparieren. Hoffentlich hält der neue Stiel.

Sag mal, Freddi – wolltest du nicht schwimmen gehen?“
„Wollte ich auch. Aber es gibt beunruhigende Neuigkeiten. Rat mal, wen ich bei Björn und Ivo getroffen habe!“
Jana zuckte mit den Achseln. „Weiß ich doch nicht.“
Freddi senkte verschwörerisch die Stimme: „Deine Freundin Bettina! Die drei scheinen sich gegen uns verbündet zu haben. Ich glaube auch, dass sie uns beobachten. Zumindest wussten sie über unsere Schatzgräberei Bescheid und haben versucht mich auszufragen.“
„Bettina ist bei Björn und Ivo! Nicht zu fassen. Mit der rede ich kein Wort mehr. Noch vor den Osterferien haben wir uns geschworen denen das Leben zur Hölle zu machen. Wir wollten …“ Jana brach verlegen ab. Ihr war plötzlich eingefallen, dass die Lage vor den Osterferien etwas anders gewesen war. Damals waren ja auch sie und Freddi noch „Todfeinde“ gewesen. Und Bettinas und ihr Plan, den Jungen das Leben zur Hölle zu machen, hatte sich auch gegen Freddi gerichtet.
„Was wolltet ihr?“, fragte Freddi misstrauisch. Jana überlegte, was sie sagen sollte, und starrte angestrengt auf den Gartenzaun. Dabei fiel ihr etwas auf. „Du – Freddi. Schau mal, der Zaun wackelt“, flüsterte sie.

Wortlos packte Jana Freddi am Arm und zog ihn hinter den Schuppen.
„Zu blöd, dass sie weg sind. Jetzt kriegen wir nicht raus, wonach die hinterm Pfarrhaus buddeln“, flüsterte eine Jungenstimme.
Jana stieß Freddi triumphierend in die Seite. Bettina, Björn und Ivo beschatteten sie also tatsächlich. Sie mussten am Zaun entlang gekrochen sein und lagen wahrscheinlich direkt vor dem Schuppen auf dem Bürgersteig. Man konnte sie zwar nicht sehen, aber dafür um so besser hören.
„Hört mal – wenn Jana und Freddi ins Haus gegangen sind, sollten wir versuchen hintenrum in den Garten zu schleichen. Das Fenster von Janas Zimmer ist bei dem Wetter bestimmt offen. Vielleicht können wir da etwas belauschen“, sagte draußen Bettina.
Es raschelte.
„Iiii – ich habe direkt neben einem Hundehaufen gelegen!“ Das war Björns Stimme. Dann wurde es still.
Jana und Freddi schauten sich an, dann prusteten sie los.
„Pass auf – ich habe eine geniale Idee“, kicherte Jana. „Während die hintenrum schleichen, können wir unbemerkt zur Haustür laufen.“ Sie rannten geduckt durch den Vorgarten. Jana öffnete die Haustür und schloss sie lautlos hinter sich und Freddi.

Dann stürmten sie die Treppe hinauf. „Geh schon mal in mein Zimmer", sagte Jana und verschwand im Badezimmer.
Freddi stellte sich neben das offene Fenster in Janas Zimmer. Aus dem Garten war nichts zu hören. Ob die drei schon unterm Fenster lagen? Freddi spähte vorsichtig heraus.
„He – weg vom Fenster! Oder willst du alles vermasseln?", hauchte Jana, die leise ins Zimmer gekommen war. Sie schleppte einen Putzeimer voll Wasser.
Ein Geräusch, das wie ein unterdrücktes Niesen klang, kam aus dem großen Hortensienbusch unter Janas Fenster. Jana und Freddi sahen sich an und nickten. Dann packten sie den Eimer und schütteten die ganze Ladung Wasser aus dem Fenster.
Jetzt kam Leben in den Busch. „Iiii!", schrie es,

Zweige knackten und drei ziemlich nasse Gestalten krochen unter dem dichten Laub hervor. „Ich finde, du solltest die Hortensien öfters gießen", kicherte Freddi. „Das soll gut gegen Ungeziefer sein!"
„Das gibt Rache! Bei uns brauchst du dich nicht mehr blicken zu lassen!", brüllte Ivo wütend hinauf, drehte sich um und ging. Björn und Bettina folgten, in finsteres Schweigen gehüllt.
Im Flur klingelte das Telefon. Jana rannte die Treppe hinunter, während Freddi in ihrem Zimmer wartete. Jana blieb eine ganze Weile weg. Freddi sah sich in ihrem Zimmer um. An der Tür hing ein Schild. „Jana Peters – Private Ermittlungen aller Art" stand da. Jana wollte Kommissarin werden. Sie war natürlich noch zu jung, um zur Polizei zu gehen, deshalb hatte sie sich vorgenommen, bis es so weit war, schon mal als Privatdetektivin tätig zu werden. Auf dem Schreibtisch lag ihr großes, schwarzes Notizbuch. Freddi warf neugierig einen Blick auf die aufgeschlagene Seite.
„Donnerstag, 25. Mai ..."
„Das ist ja heute", dachte er und las neugierig weiter.
„Verdächtiges Telefongespräch mitgehört. Vermutlich plant ein gewisser Herr Ernst mit einer gewissen Bea eine kriminelle Tat. Wohnort des verdächtigen Ernst: hinter Tante Lenis Hof. Wohnort der verdächtigen Bea (vermutlich Komplizin): unbekannt.

Geplante Ermittlungen:
1. Verdächtige überprüfen,
2. klären, welche Straftat sie planen,
3. verdächtigen Personenkreis überwachen
Ermittlerin: Jana Peters
Es kann sein, dass der Einsatz von Hilfstruppen (Freddi) erforderlich ist.“

Hier endete die Eintragung. Freddi biss sich wütend auf die Lippe. Ihn als „Hilfstruppe“ zu bezeichnen!
„Das ist typisch Jana“, dachte er. „Sie will immer alles bestimmen und alle anderen sind nur *Hilfstruppen*.“ Außerdem hätte sie ihm ja wohl von dem Telefongespräch erzählen können. Stattdessen wollte sie erst mal alleine ermitteln, während er die Handtücher in den Gästezimmern des Hotels „Zum Wilden Schwein“ verteilte. Handtücher? Oje – das hatte er total vergessen. Er hatte seiner Mutter versprochen, dass er aushelfen wollte, solange Salvatore, der Kellner, krank war.
„Rat mal, wer morgen nach der Schule kommt!“, rief Jana vergnügt und stürmte wieder ins Zimmer.
„Ist mir schnurzegal“, brummte Freddi, drängte sich an Jana vorbei, polterte die Treppe hinunter und lief aus dem Haus.
„He – wo willst du denn hin? Miriam kommt morgen. Sie hat gerade angerufen und sie bleibt bis

Montagabend. Was ist denn plötzlich los mit dir?“
Freddi schloss schweigend sein Fahrrad auf und schob es zum Gartentor.
„Warte – ich muss dir noch was Wichtiges erzählen! Ich bin einem neuen Fall auf der Spur!“
„Weiß ich“, fauchte Freddi, „und von deiner Hilfstruppenliste kannst du mich streichen. Wenn ich bei diesem Fall mitmachen soll, dann nur als Detektiv und nicht als *Hilfstruppe*.“ Er schwang sich auf sein Rad und fuhr Richtung Marktplatz davon.
Jana stand mit offenem Mund am Tor und starrte ihm nach. Dieser unverschämte Kerl – er konnte es wohl nicht lassen, in anderer Leute Notizbüchern zu lesen.
„Auf deine Hilfe kann ich verzichten, du blödes ‚Wildes Schwein‘!“, brüllte sie ihm nach.

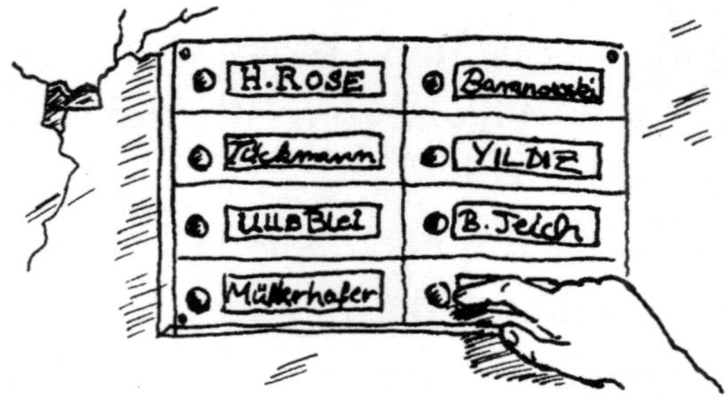

PERSONENÜBERPRÜFUNG

Jana stand auf dem Thalheimer Bahnhof und hopste ungeduldig von einem Bein aufs andere. Es war Freitagmittag, fünf vor zwei. Um zehn nach zwei fuhr der letzte Schulbus ins Dorf. Endlich fuhr der Zug aus Domstadt ein. Ein sommersprossiges Mädchen mit rotem Lockenkopf und einem großen Rucksack stieg aus.

Jana lief auf sie zu: „Miriam! Los komm, wenn wir rennen, erwischen wir den Bus noch!“

Minuten später stiegen Jana und Miriam keuchend in den Bus. Auf der letzten Bank saß Freddi und tat so, als sähe er sie nicht.

Jana ließ sich grußlos auf einen Sitz fallen und sah zum Fenster hinaus.

„He – was ist denn los?“, fragte Miriam verwundert.

„Habt ihr Streit?“ „Pah – ich kann Leute, die in meinem Notizbuch herumschnüffeln, einfach nicht ausstehen“, fauchte Jana.
„Und ich kann Leute, die nur rumkommandieren wollen, einfach nicht ausstehen“, brüllte Freddi von hinten.
Eine Weile schrien sich Jana und Freddi quer durch den Bus gegenseitig Vorwürfe zu, bis Miriam schließlich kapierte, warum die beiden Streit hatten.
„Ruhe – hört mir zu! Ich finde, ihr solltet euch wieder vertragen“, rief sie dazwischen. „Was haltet ihr davon, wenn wir ein gemeinsames Detektivbüro gründen? Jeder von uns ist Detektiv und hat gleich viel zu sagen. Keiner ist ‚Hilfstruppe‘ oder so was. Wir schaffen uns ein gemeinsames Notizbuch an, in das jeder abwechselnd etwas eintragen darf!“
Miriam sah zwischen Jana und Freddi hin und her.
Freddi sah schräg zu Jana hinüber. Eigentlich hatte ihm der Streit mit Jana gestern Abend schon Leid getan. „Ich bin dabei“, sagte er.
Janas Gesicht hellte sich auf. „Gut, ich bin auch einverstanden.“
„Na bestens“, sagte Miriam zufrieden. Sie konnte Streit nicht ausstehen. Zu gut war ihr noch die Zeit vor zwei Jahren in Erinnerung, als ihre Eltern sich getrennt hatten. Jeden Abend hatte es Schreiereien

gegeben, bis Papa ausgezogen war. Das war eine traurige Zeit gewesen, an die Miriam nicht gerne dachte.

„Damit ihr gar nicht wieder auf die Idee kommt euch herumzuzanken“, fuhr sie fort, „überlegen wir jetzt, wie wir unser Büro einrichten.“

Jana und Freddi waren bisher noch nicht auf die Idee gekommen sich ein Detektivbüro einzurichten.

„Genial!“, jubelte Jana. „Wir brauchen einen Lügendetektor, ein elektronisches Mikroskop, eine Abhöranlage mit Mikrofonen, einen Computer, Funkgeräte ...“

„Stopp, Stopp“, unterbrach Miriam ihre aufgeregte Kusine. „Wer soll denn den Kram bezahlen? Das kannst du alles streichen.“

„Ja – bis auf die Funkgeräte“, fiel ihr Freddi ins Wort. „Meine Eltern haben mir mal zwei Walkie-Talkies geschenkt.“

„Außerdem sollten wir unbedingt eine Kartei mit Fingerabdrücken anlegen“, sagte Miriam.

„Sehr gute Idee“, meinte Jana. „Aber wo sollen wir das Büro einrichten? In meinem Zimmer ist es schlecht. Da können wir nicht ungestört arbeiten, wegen Tim.“

Tim war Janas kleiner Bruder. Er ging noch in den Kindergarten und hatte keinen blassen Schimmer von

detektivischer Arbeit. Jana hatte einmal ein Bonbon als Beweismaterial sichergestellt und Tim war nichts Besseres eingefallen, als das „Beweismaterial“ durch Aufessen zu vernichten.
Der Schulbus war inzwischen auf dem Dorfplatz angekommen.
„Wir treffen uns nach dem Mittagessen wieder hier“, schlug Freddi vor, als sie ausstiegen.

Während sie nach Hause gingen, berichtete Jana Miriam genau von dem Telefongespräch, das sie mitgehört hatte.
Inzwischen hatten Jana und Miriam einen Bärenhunger. Janas Mutter hatte Bratkartoffeln und Hähnchen gekocht, weil sie wusste, dass das Miriams Lieblingsgericht war.
Nach dem Essen wollten die beiden Mädchen rasch verschwinden.
„Seid aber zum Abendbrot wieder zu Hause“, rief Anja Peters ihnen nach.
Freddi stand in der Restaurantküche und half seinem Vater die große Spülmaschine einzuräumen, als Jana und Miriam durch den Hintereingang hereinkamen.
„Darf ich mit den beiden raus?“, fragte Freddi.
Herr Bürger nickte. „Es ist ein Jammer, dass Salvatore immer noch krank ist. Aber geh ruhig. Sei bitte gegen

sechs zurück, dann kommt der Reisebus an. Und wenn die Gäste da sind, brauchen wir wirklich Hilfe."
Die drei liefen hinaus.
„Was haltet ihr davon, wenn wir jetzt den verdächtigen Ernst ein bisschen beschatten?", fragte Jana.
„Sehr gute Idee", stimmte Miriam zu.
„Und das Detektivbüro?", wollte Freddi wissen.
„Das läuft uns ja nicht weg. Ich finde, wir sollten auch die Schatzsuche erst mal zurückstellen. Der Fall ‚Ernst' geht vor. Den lösen wir heute, und morgen überlegen wir uns, wo wir das Büro einrichten", sagte Jana.
Freddi und Miriam grinsten sich an.
Das war typisch Jana – sie war immer etwas voreilig.
Jana runzelte die Stirn: „Na ja – vielleicht wird uns der Fall ‚Ernst' auch etwas länger beschäftigen. Aber jetzt sollten wir mit der Personenüberprüfung beginnen."
Kurz darauf standen sie vor dem Haus Wiesenweg 14, das mit der Rückwand an Tante Lenis Hinterhof grenzte. Es war ein grau verputztes, etwas schäbig wirkendes Mehrfamilienhaus. Sie zählten acht Klingelschilder, aber auf keinem stand der Name „Ernst".
Jana dachte nach. „Ernst wohnt im Erdgeschoss. Demnach können es nur Trebitsch oder Müllerhofer sein, die beiden unteren Klingeln. Wenn wir ihn doch nur mal zu sehen bekämen …"

„Wenn es nur Trebitsch oder Müllerhofer sein können, machen wir einfach Klingelmännchen“, schlug Freddi vor.
Während Jana und Miriam sich im Hauseingang schräg gegenüber versteckten, drückte Freddi auf die beiden unteren Klingelknöpfe und rannte davon. Nach einer Weile trat eine ältere Frau auf die Straße und schaute sich um. Dann wurde ein Fenster auf der linken Hausseite geöffnet und ein junger Mann steckte seinen Kopf heraus.
„Hat es bei Ihnen auch geklingelt, Frau Trebitsch?“, fragte er.
„Ach – das waren sicher Kinder, Herr Müllerhofer“,

antwortete sie und verschwand wieder im Haus.
„Das ist er – ich hab die Stimme wieder erkannt“, wisperte Jana aufgeregt.
Jetzt kam Freddi – wie zufällig – die Straße wieder heruntergeschlendert. Er ging am Haus Nummer 14 vorbei und sah gerade noch, wie Herr Müllerhofer das Fenster schloss.
Nun trauten sich auch Jana und Miriam aus ihrem Versteck. Sie holten Freddi ein und machten sich aus dem Staub.
„Das hat ja super geklappt“, freute sich Miriam. „Jetzt können wir eine genaue Personenbeschreibung des Verdächtigen in unser Notizbuch eintragen.“
Jana schrieb, während Miriam und Freddi ihr über die Schulter sahen.
„Verdächtiger ‚Müllerhofer‘ (vermutlich Deckname, richtiger Name wahrscheinlich Ernst), wohnhaft Wiesenweg 14, Erdgeschoss links, wurde von Zeugin Jana Peters idifinziert.“
„Was ist ‚idifinziert‘?“, wollte Freddi wissen.
„Das bedeutet, dass Jana ihn wieder erkannt hat. Außerdem heißt es, glaube ich, ‚identifiziert‘“, antwortete Miriam.
Jana verbesserte das Wort und schrieb weiter: „Personenbeschreibung: kurze, braune Haare, graue Augen, Alter: erwachsen, aber ziemlich jung …“

„Moment –“, unterbrach Miriam. „Er hatte dunkelblonde Haare.“
„Und die waren nicht kurz, sondern mittellang. Außerdem konnte man die Augenfarbe von hier aus nicht erkennen“, gab Freddi zu bedenken.
Jana strich durch und schrieb: „mittelkurze, braunblonde Haare.“
„Wirklich – eine sehr genaue Personenbeschreibung“, sagte sie spöttisch. „Wenn die Polizei mit unserer Beschreibung nach Ernst fahnden würde, müsste sie vermutlich fast alle jüngeren Männer der Umgebung verhaften.“ Miriam nickte betrübt: „Ja – so eine Personenbeschreibung will gelernt sein. Aber ich war so aufgeregt, dass ich nicht einmal darauf geachtet habe, was er anhatte. Es könnte ein grauer Pullover gewesen sein.“
„Grau mit blauen Streifen“, stimmte Freddi zu. „Seine Größe brauchen wir auch noch.“
„Und ‚Besondere Kennzeichen‘. Eine Narbe im Gesicht hat er jedenfalls nicht, aber vielleicht hinkt er?“, ergänzte Miriam.
Janas Stirn legte sich in Falten. Sie dachte nach.
„Wie groß er ist und ob er vielleicht hinkt, konnten wir durch das Fenster nicht erkennen. Wir müssen ihn auf die Straße locken, damit wir ihn ganz sehen. An die Hauswand malen wir vorher eine Messlatte an.

Wenn er neben der Messlatte steht, sehen wir genau, wie groß er ist“, sagte sie dann. „Wir gehen jetzt zu Tante Leni und leihen uns einen Zollstock von ihr. Vielleicht können wir sie auch ein bisschen über ‚Herrn Ernst‘ alias ‚Müllerhofer‘ aushorchen.“

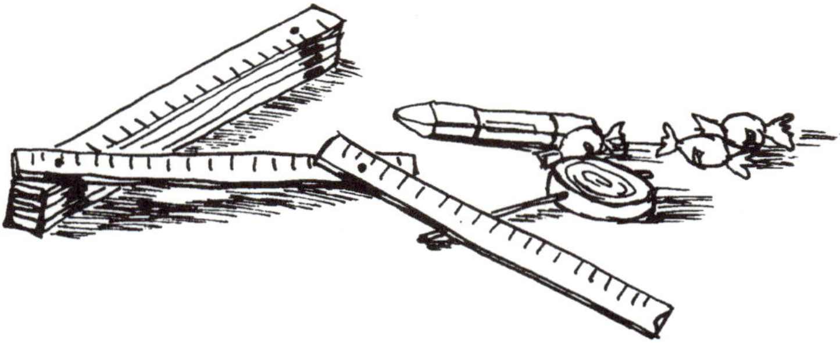

GESCHLOSSENE ROLLLÄDEN

Tante Leni besaß den einzigen Laden im ganzen Dorf. Daher wusste sie auch fast alles über fast jeden, der hier wohnte. Jede Neuigkeit, jedes Gerücht kam zuerst hier an. Tante Leni unterhielt sich mit Frau Steinbrink, der Pfarrhaushälterin, über die Rosen des Pfarrers.

„In diesem Jahr ist es besonders schlimm mit den Blattläusen …“ sagte Frau Steinbrink gerade, als die Ladentür aufflog.

„Ah – die drei berühmten Detektive von Dinkelsbach und Miriam ist auch wieder da“, lachte sie. „An was für einem Fall arbeitet ihr denn im Moment?“

„Das ist zur Zeit noch geheim“, antwortete Jana mit wichtiger Miene. „Aber Sie sollten nachts das Pfarrhaus gut abschließen, wir haben einen Verdächtigen.“

Die beiden Frauen lachten. „Da haben wir aber Glück, dass drei so gute Detektive auf uns aufpassen. Kann ich euch denn ein paar Lutscher als Stärkung anbieten?“, fragte Tante Leni und langte tief in eines der großen Bonbongläser auf der Ladentheke.

Die Detektive griffen erfreut zu.

„Super – vielen Dank“, strahlte Freddi.

„Könntest du uns vielleicht noch einen Gefallen tun? Wir brauchen dringend einen Zollstock.“

„Und einige Auskünfte“, fiel ihm Jana ins Wort.

Tante Leni sah zwischen den beiden hin und her: „Jetzt bin ich aber neugierig – worum geht's denn?“, fragte sie, während sie einen Zollstock unter der Ladentheke hervorholte. Den reichte sie Miriam, weil sie das Gefühl hatte, sie würde ihn von Miriam am ehesten heile wiederbekommen.

„Kennst du einen Herrn ‚Ernst‘ oder ‚Müllerhofer‘?“, wollte Jana nun wissen.

„Ja, sicher. Der ist kürzlich gegenüber neu eingezogen. Ernst Müllerhofer heißt er. Der arme Junge hatte gerade seine Lehre als Elektriker abgeschlossen, da ist seine Firma pleite gegangen. Die haben Alarmanlagen eingebaut. Dann ist ihm auch noch seine Wohnung in Thalheim gekündigt worden. Erzählt er mir alles, wenn er morgens Brötchen hier kauft. Ja, ja, das Schicksal ist oft hart ...“, Tante Leni seufzte

mitleidig und Frau Steinbrink nickte.
„Vielen Dank“, rief Jana, packte die verdutzte Miriam am Arm und zog sie hinaus. Freddi kam hinterher.
„Mensch – fällt euch was auf?“, sagte Jana, als sie vor der Tür standen.
„Ja – wir waren total blöd. Ernst ist kein Deckname, sondern der Vorname. Hätten wir uns eigentlich denken können“, grinste Freddi.
„Nee – das meine ich nicht“, sagte Jana ungeduldig. „Kombiniert doch mal! Der Typ hat keine Arbeit – folglich also auch kein Geld. Was hat er vorher gemacht? Alarmanlagen eingebaut. Und wer Alarmanlagen einbaut, kann sie auch wieder ausbauen. Könnt ihr mir folgen?“
Nun stand Freddis Mund vor Verblüffung offen.
„Du meinst, er macht Einbrüche und so was?“, fragte Miriam ängstlich.
„Noch nicht!“ Jana machte triumphierend mit dem Zeigefinger einen Punkt in die Luft. „In dem Telefongespräch, das ich mitgehört habe, hat er gesagt: ‚Es ist schließlich das erste Mal, dass ich mich auf so ’ne Sache einlasse!‘ Sicher geht es um Bankraub. Aber wir beschatten Ernst – und hops – haben wir die Bande.“
„Kannst du dich erinnern, was er noch gesagt hat?“, wollte Miriam wissen.
Jana grübelte eine Weile. „Ja – dann sagte er noch:

‚Ich kann kaum glauben, dass der feine Pinkel so'n Haufen Kohle springen lässt für …‘ Mehr konnte ich nicht verstehen.“

Miriam dachte nach.

„Wenn wir bloß wüssten, *wofür* Ernst Geld kriegen soll. Zu blöd, dass du das nicht mitbekommen hast. Wir tappen bisher ziemlich im Dunkeln. Wenn du Recht hast, Jana, und tatsächlich eine Verbrecherbande einen Einbruch plant, dann kriegt Ernst vielleicht Geld dafür, dass er Pläne von den Alarmanlagen macht. Oder er soll eine Alarmanlage ausschalten. Es ist aber auch möglich, dass er für etwas ganz anderes Geld bekommt …“, sagte sie dann.

„Ich tippe auf einen Einbruch“, sagte Jana. „Wir müssen sofort wieder zu Ernsts Wohnung und das Schlimmste verhindern!“

Und schon waren Jana und Freddi um die Ecke zum Wiesenweg verschwunden.

Miriam folgte langsam. Mit Einbrechern wollte sie eigentlich nichts zu tun haben. Was, wenn Ernst Müllerhofer sie bemerkte? Aber schließlich war heller Tag, die Sonne schien – was sollte schon passieren?

Die Rollläden vor Ernsts Fenster waren jetzt heruntergelassen. Wegen der hellen Sonne – oder weil er drinnen dunklen Geschäften nachging?

„Jedenfalls kann er uns so nicht sehen“, dachte

Miriam erleichtert. Sie pirschten sich zur Haustür. „Schnell – den Zollstock", flüsterte Jana. Ein Stück Kreide trug sie immer bei sich.
Miriam klappte den Zollstock auseinander und hielt ihn neben die Tür. Er war genau zwei Meter lang.
„Mist – wie bringen wir die oberste Markierung an?", fragte Freddi.
Jana kletterte auf den Blumenkübel neben der Tür. Auf diese Weise konnte sie als oberste Markierung einen Meter fünfundsiebzig anzeichnen.
„Falls er größer als die oberste Marke ist, müssen wir den Rest eben schätzen", sagte sie und brachte dann immer im Abstand von 5 cm weitere Striche an.

Als sie bei einem Meter angekommen war, kicherte Freddi.
„Ich glaube, du kannst aufhören. So klein ist Ernst bestimmt nicht."
In diesem Moment öffnete Frau Trebitsch die Tür.
„He – was macht ihr da für Schmierereien?", schimpfte sie und versuchte Freddi zu packen.
Blitzartig verschwanden die Detektive um die Straßenecke.
„Puh – das war knapp", japste Freddi.
„Wir müssen zurück und das Haus beobachten – sonst war alles vergebens", sagte Jana.
„Bist du eigentlich wahnsinnig?" Freddi war empört. „Diese Frau Trebitsch hätte mich um ein Haar erwischt!"
„Im Haus gegenüber wohnt ein Kollege von meinem Vater." Jana ließ sich nicht beirren. „Der ist verreist. Wenn wir es schaffen, uns in seinen Vorgarten zu schleichen, können wir von dort aus alles überwachen."
Wieder schlichen sie um die Ecke in den Wiesenweg. Kein Mensch war zu sehen. Sie rannten los und gingen hinter einem Fliederbusch im Vorgarten in Deckung. Keine Sekunde zu früh, denn schon öffnete sich die Haustür von Nummer 14.
Frau Trebitsch trat heraus. „O nein – sie hat uns gesehen", flüsterte Miriam entsetzt. Aber Frau

Trebitsch hatte sie nicht bemerkt. Sie hielt einen Schwamm in der Hand und versuchte die Kreidemarkierungen abzuwischen, wobei sie leise vor sich hin fluchte.

„Zu blöd – die ganze Arbeit umsonst“, seufzte Freddi.

In diesem Moment bog ein Auto mit Thalheimer Kennzeichen in den Wiesenweg ein und hielt vor der Nummer 14. Eine junge Frau stieg aus und klopfte an Ernsts Rollladen.

„Ernst – beeil dich, wir kommen sonst zu spät“, rief sie.

„Ob das wohl Bea ist?“, fragte Miriam leise.

„Wir sollten eine Personenbeschreibung von ihr machen“, flüsterte Freddi. „Unsere Messlatte funktioniert jedenfalls bestens – die Frau ist einen Meter achtundsechzig groß. Hoffentlich kommt Ernst bald raus, solange noch was von der Messlatte da ist.“

Frau Trebitsch hatte nämlich unten angefangen die Markierungsstriche wegzuscheuern. Jetzt war sie bei einem Meter zwanzig angelangt.

„Siehst du – ist doch gut, dass ich die Striche so weit unten gesetzt habe“, sagte Jana zufrieden.

Nun trat Ernst aus der Haustüre.

„Hallo, Bea, mein Schatz“, lächelte er und umarmte die junge Frau.

„1,75 m“, flüsterte Miriam. „Und graue Jeans.“

Ernst und Bea stiegen in den Wagen. Es war ein ziemlich heruntergekommener grüner Golf.

Der grüne Golf fuhr an. Bea saß am Steuer, Ernst war auf der Beifahrerseite eingestiegen. Als der Wagen an ihnen vorbeifuhr, beobachteten die Kinder, wie Ernst eine Decke über den Rücksitz breitete.

„Ob er etwas verbergen will, was auf der Rückbank liegt?“, fragte Miriam.

„Bestimmt sogar“, nickte Jana und klappte das Notizbuch auf.

„Jetzt bin ich aber dran mit schreiben!“ Freddi zog das Buch zu sich herüber.

„Verdächtiger Ernst Müllerhofer trifft sich mit Bea (vermutlich Komplizin).

Personenbeschreibung Bea: 1,68 m groß, schlank, kurze, dunkle Haare.

Kleidung: weiter roter Pulli, enger roter Rock.

Besondere Kennzeichen: großer, goldener Ohrring am linken Ohr.“

„Der Ohrring ist doch kein besonderes Kennzeichen“, grinste Jana. „Wenn sie zum Beispiel eine Tätowierung hätte – das wäre was!“

„Wir sollten auch die genaue Zeit notieren – wenn die beiden wirklich etwas Schlimmes vorhaben, könnte das wichtig werden“, schlug Miriam vor.

Freddi sah auf seine Armbanduhr: „O wei – fünf nach

halb sechs! Ich muss nach Hause. Um sechs kommt doch dieser Reisebus an!“

Jana spähte durch den Fliederbusch.

Frau Trebitsch hatte sich nach getaner Arbeit ins Haus zurückgezogen.

„Die Luft ist rein. Wir kommen mit – hier können wir jetzt sowieso nicht viel machen.“

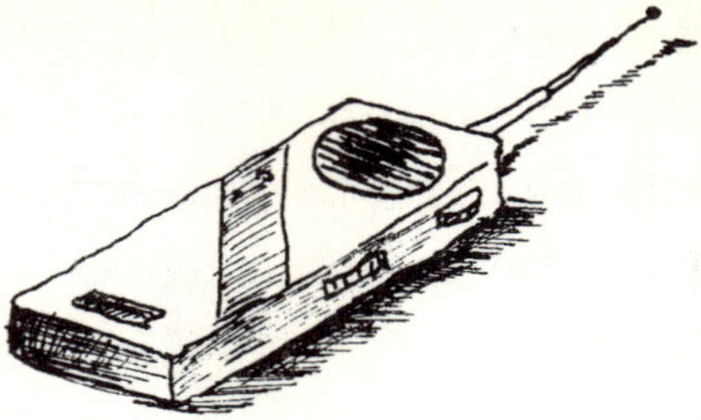

DIE GEHEIME FUNKVERBINDUNG

Auf dem Marktplatz stand schon der Reisebus.
„Mist – der Bus ist eine halbe Stunde zu früh“, sagte Freddi. „Kommt, wir laufen schnell zum Hintereingang und warnen meine Mutter. Sie bereitet sicher noch die Zimmer vor.“
Freddi ließ die Hintertür in der Eile offen stehen. Im Vorbeilaufen brüllte er: „Die Gäste sind da!“ in die Hotelküche. Auf der Treppe, die zu den Gästezimmern führte, lief er seiner Mutter in die Arme. Sie hatte den Reisebus vom Fenster aus gesehen.
„Kinder – gut dass ihr da seid. Jana und Miriam, habt ihr Lust zu helfen?“
Die Mädchen nickten. „Klar – machen wir gerne!“
„Gut. Freddi – du kontrollierst, ob überall in den Zimmern Toilettenpapier ist. Jana könnte auf Zimmer 17

staubsaugen. Und du, Miriam, kannst mir helfen die Tische zu decken. Wenn ihr fertig seid, brauche ich Hilfe beim Servieren.“ Aufgeregt jagte Freddis Mutter die Treppe hinunter und verschwand, von Miriam gefolgt, im Gastraum.

„Warum regt sie sich so auf?“, wollte Jana wissen.

„Wenn diese Reisegruppe mit unserem Hotel zufrieden ist, will die Firma Senilon jedes Wochenende einen Bus mit Leuten hierher kutschieren. Dies ist sozusagen die Testgruppe. Deshalb darf nichts schief gehen, verstehst du?“, antwortete Freddi.

Im Gastraum ging es bereits lustig zu. Einunddreißig ältere Damen und Herren saßen an den Tischen, plauderten und lachten. Der geschniegelte Reiseleiter ging von einem Tisch zum anderen und erzählte Witzchen.

Miriam und Frau Bürger hatten die Tische gedeckt und servierten nun Getränke.

Freddi und Jana standen in der Küche und verteilten Salate auf Tellerchen.

Einmal stutzte Freddi zwischendurch, denn er glaubte die Treppe knarren gehört zu haben. Aber bei dem Lärm, der aus dem Gastraum kam, war er sich nicht ganz sicher.

Endlich war auch der Nachtisch verteilt. Frau Bürger bedankte sich und drückte Jana und Miriam je fünf

Mark in die Hand: „Weil ihr wie richtige Kellnerinnen gearbeitet habt."
„Ach – wir haben doch gerne geholfen", strahlte Miriam, aber sie freuten sich natürlich trotzdem.
Als sie hinauslaufen wollten, hielt Frau Bürger Freddi zurück: „Mein lieber Sohn. Meinst du nicht, du müsstest noch ein bisschen Rechnen üben? Du schreibst doch am Dienstag einen Rechen-Test. Und der letzte war nicht gerade gut, stimmt's?"
Freddi nickte kleinlaut: „Stimmt. Aber ich kann doch auch morgen noch üben."
Seine Mutter ließ sich nicht beirren: „Erstens ist es schon recht spät. Und zweitens hast du morgen bestimmt was vor, wie ich dich kenne. Übe jetzt, dann hast du es hinter dir!" Und damit schob sie Freddi sanft, aber bestimmt auf den Flur.
Miriam und Jana verabschiedeten sich und gingen durch den Gastraum hinaus auf den Marktplatz.
„Armer Freddi. Rechnen üben – schrecklich", seufzte Miriam.
„He – ich habe eine Idee", lachte Jana. „Freddi sprach doch davon, dass er Walkie-Talkies hat. Die können wir ja ausprobieren. Wenn er in seinem Zimmer sitzt, können wir ihn wenigstens über unsere neuesten Ermittlungen auf dem Laufenden halten."
Sie schlichen sich durch die kleine Gasse, die zum

Hintereingang und zum Hotelgarten führte. Denn sie waren sich nicht sicher, ob Frau Bürger viel von dieser Funkverbindung halten würde.
Freddis Zimmer hatte ein Fenster zum Hotelgarten hinaus und lag im Erdgeschoss. Als die Mädchen an die Scheibe klopften, hellte sich Freddis Miene auf, und als er von Janas Plan hörte, war seine gute Laune wiederhergestellt. Rasch kramte er die Funkgeräte aus dem Schrank und reichte eines heraus.
Er zeigte Miriam und Jana, wie man das Gerät bediente.
„Alles klar", nickte Miriam. „Dann kann es ja losgehen!"

Freddi saß mit dem Funkgerät auf der Fensterbank. Das Rechenheft hatte er zur Tarnung aufgeschlagen auf den Schreibtisch gelegt. Alle paar Minuten funkten Jana und Miriam ihm blödsinnige Botschaften zu und dachten sich Decknamen aus. Bisher war die Verbindung ausgezeichnet.
„Dr. Watson ruft Schimanski!", hörte er Miriams Stimme.
Er drückte die Sprechtaste und antwortete: „Schimanski ist auf Empfang. Dr. Watson, bitte kommen."
„Holmes und Dr. Watson biegen in Wiesenweg ein.

In Haus Nummer 14 ist alles ruhig. Zielperson scheint nicht da zu sein. Übergebe jetzt an Sherlock Holmes."
Das Funkgerät knackte, dann hörte Freddi Janas Stimme: „Ein Auto kommt – wir gehen wieder hinter dem großen Fliederbusch in Deckung. Mensch, Freddi, haben wir Glück! Es ist der grüne Golf. Hält vor Nummer 14."
Janas Stimme wurde deutlich leiser: „Bea steigt aus. Sie sieht sich um – hat uns aber nicht gesehen. Jetzt geht sie ums Auto herum und öffnet die Beifahrertür. Sie sieht sich wieder um. Jetzt steigt Ernst mit einem riesigen Bündel aus. Mensch – ich werd verrückt, es zappelt –!"

Janas Stimme brach ab.
Freddi wippte gespannt auf dem Fensterbrett herum. Warum sagte Jana nichts mehr? Da musste etwas ungeheuer Aufregendes passiert sein. Und er hockte hier in seinem Zimmer. Schließlich hielt er es nicht mehr aus, sprang aus dem Fenster, schlich durch die Gasse auf den Markt und rannte zum Wiesenweg. Seine Eltern würden sicher zu beschäftigt sein, um nach ihm zu sehen.
Vorsichtig steckte er den Kopf um die Ecke. Dort stand der grüne Golf – sonst war niemand zu sehen.
„He, Jana! Was ist denn passiert? Ich stehe hier an der Ecke. Wo steckt ihr denn?“, flüsterte Freddi ins Funkgerät.
Hinter dem Fliederbusch tauchten Jana und Miriam auf. Sie schlichen am Haus Nummer 14 vorbei und standen einige Sekunden später bei Freddi.
Miriam sah etwas blass aus und Jana redete so wild drauflos, dass Freddi erst mal nicht verstand, was passiert war.
„Miriam, erzähl du doch mal“, bat er.
Jana schwieg etwas beleidigt.
„Also – wir haben beobachtet, wie Ernst und Bea gemeinsam versucht haben dieses zappelnde Bündel aus dem Auto zu schaffen. In der Decke war etwas – und es hat wie wild gestrampelt. Die Decke ist

weggerutscht und da drin steckte ein Hund. Ein ziemlich großer. Ernst und Bea waren furchtbar aufgeregt. Ernst musste den Hund absetzen, hat ihn am Halsband genommen und ins Haus gezogen. Bea hat die Decke ausgebreitet und vor den Hund gehalten. Die wollten auf jeden Fall verhindern, dass jemand den Hund sieht! Ich hatte so eine Angst, dass sie uns bemerken, dass ich das Funkgerät ausgeschaltet habe“, berichtete Miriam.

„Ja – sie hat mir das Walkie-Talkie einfach aus der Hand gerissen“, fügte Jana schnippisch hinzu. Sie konnte es einfach nicht leiden, wenn sie nicht beachtet wurde.

„Damit steht ja wohl fest, dass Ernst und Bea dunkle Gestalten sind“, sagte Freddi. „Sie müssen den Hund entführt haben!“

„Ja – ein klarer Fall von *Hundesentführung*“, nickte Jana. „Jetzt ist bloß die Frage, warum sie das getan haben.“

„Vielleicht wollen sie dem Besitzer des Hundes einen Brief schicken, in dem steht, dass er seinen Hund nur zurückbekommt, wenn er viel Geld bezahlt“, vermutete Freddi.

„Das könnte sein. Aber es gibt noch eine andere Möglichkeit“, grübelte Jana laut. „Nehmen wir an, Ernst und Bea haben einen Einbruch geplant. Ernst

kann zwar die Alarmanlage ausschalten. Aber die Leute, bei denen er einbrechen will, haben auch noch einen Hund. Den Hund kann Ernst ja nicht ausschalten – der würde bellen. Also entführen sie den Hund. Wir müssen unbedingt herausfinden, woher der Hund stammt. Dann können wir den Besitzer warnen. Der ruft die Polizei und hops – sitzen diese gemeinen Hundesentführer in der Falle! Und wir kriegen eine dicke Belohnung ..."
Janas Gesicht hatte einen träumerischen Ausdruck angenommen. Sie sah sich im Geist schon als gefeierte Retterin des armen Hundes. Die überglücklichen Besitzer jubelten. Und die dankbare Polizei fragte sie: „Frau Peters – wie ist es Ihnen gelungen herauszufinden, wem der Hund gehört?"
Hier unterbrach Miriams Stimme Janas Träumereien: „Sag mal, Jana – wie sollen wir denn herausbekommen, wem der Hund gehört?"
Jana verzog ärgerlich das Gesicht: „Ja ja – das ist der einzige schwierige Punkt. Aber mir fällt schon was ein!"
Sie waren, während sie sich unterhielten, Richtung Marktplatz gegangen.
„Jetzt müssen wir uns anschleichen, damit meine Eltern nicht sehen, dass ich weg war", bemerkte Freddi. Im Hotelgarten erwartete sie eine böse Überraschung:

Freddis Fenster war geschlossen!
„O nein. So ein Mist! Sie haben gemerkt, dass ich fort war“, stöhnte Freddi.
„Allerdings haben wir das gemerkt“, sagte Freddis Mutter. Sie war unbemerkt aus der Hintertür getreten und sah furchtbar böse aus. „Du glaubst wohl, du könntest uns an der Nase herumführen. Aber das Schlimmste ist, dass man sich nicht auf dich verlassen kann. Du weißt doch genau, wie wichtig es für unser Hotel ist, dass die Reisegruppe zufrieden mit uns ist. Doch dir scheint ja alles egal zu sein, solange du nur Detektiv spielen kannst.“
Freddi schaute seine Mutter verwirrt an. Gut – er war abgehauen. Dass sie deshalb böse war, konnte er verstehen. Aber was meinte sie damit, dass sie sich nicht auf ihn verlassen könne?
Frau Bürger fuhr aufgebracht fort: „Vier Gäste haben sich beschwert, dass auf ihren Zimmern kein Toilettenpapier ist. Und in der Abstellkammer war auch keins mehr. Ich musste den Gästen ersatzweise Papiertaschentücher auf die Zimmer bringen!“
„Aber Mama – ich habe in allen Zimmern nachgeschaut und neue Rollen auf Zimmer 7 und 14 gebracht. In der Abstellkammer waren auch noch zehn Toilettenpapierrollen“, verteidigte sich Freddi.
Jana nickte: „Das stimmt, Frau Bürger. Ich habe sie

auch gesehen, als ich den Staubsauger in die Kammer gestellt habe."
„Ja, aber –", jetzt war Frau Bürger verwirrt. „Wie kann das denn sein?"
„Ein Einbrecher!", trumpfte Jana auf. „Bestimmt – so war es. Frau Bürger, wir sind doch Detektive – wir werden den Fall ‚verschwundene Klopapierrollen' aufklären. Eigentlich arbeiten wir zwar an einem anderen Fall, aber ..."
„Bei dir piept's wohl", unterbrach Frau Bürger verärgert. „Welcher Einbrecher klaut denn wohl Toilettenpapier? Hast du dir das schon mal überlegt?"
Jana schwieg kleinlaut. Da war was Wahres dran.
„So", sagte Freddis Mutter in einem Ton, der keinen Widerspruch duldete, „ihr Mädchen geht jetzt nach Hause. Und du, Freddi, übst Rechnen und dann geht's ins Bett. Für heute gab es hier genug Aufregung."

„Ja – eigentlich gab es heute wirklich genug Aufregung", murmelte Miriam, als sie nach einem köstlichen Abendessen schließlich in ihren Betten lagen.
„Findest du? Heute war doch endlich mal wieder was los", antwortete Jana. „Mich wundert nur, dass Björn, Ivo und Bettina sich heute so ruhig verhalten haben. Schließlich haben sie gestern noch nach Rache gebrüllt."

DIE VERSCHWUNDENEN KLOPAPIERROLLEN

„Guten Morgen, ihr Schlafmützen“, rief Anja Peters fröhlich, als die beiden Mädchen die Treppe herunterkamen. Janas Mutter hatte den Frühstückstisch besonders liebevoll gedeckt, um Miriam eine Freude zu machen.

Nun kam auch Janas Vater herein. Mit der einen Hand hielt er Janas Hund Artus, mit der anderen den kleinen Bruder Tim fest.

„Was haltet ihr davon, wenn wir einen Picknickausflug machen?“, schlug er vor. „Würden wir gerne, aber wir haben heute schon was Wichtigeres vor“, brachte Jana etwas undeutlich zwischen zwei Brötchenbissen hervor. „Als Detektivin muss man auf private Vergnügungen verzichten können. Man hat eine Verpflichtung der Menschheit gegenüber.“

Janas Vater nickte. „Schade, dass unsere Tochter einen so harten Dienst tun muss. Gilt das auch für dich, Miriam?“ Miriam nickte mit dem Kopf.
„Na gut – dann machen wir den Ausflug zu dritt, nicht wahr, Tim?“, sagte Janas Mutter und nahm Tim den Honiglöffel weg, mit dem er gerade Muster auf die Tischdecke kleckste.
„Ich lasse euch Kartoffelsalat, Würstchen und Waffeln hier, damit ihr vor lauter Arbeit nicht verhungert.“
Janas Eltern packten Tim, Artus und den Picknickkorb ins Auto.
„Wir sind zum Abendessen wieder hier. Macht nicht zu viel Unsinn“, rief Janas Mutter aus dem Autofenster. Dann fuhren sie los.
„Klasse – jetzt können wir den ganzen Tag ungestört ermitteln“, sagte Jana. Außerdem war sie froh, dass ihr Vater heute nicht im Garten arbeiten würde. Sie war nämlich nicht sicher, ob der Spatenstiel halten würde.
Während Jana und Miriam gemeinsam den Frühstückstisch abräumten, klingelte es an der Haustür. Jana öffnete. Draußen stand Freddi. Er war ziemlich aufgeregt.
„Stell dir vor, Jana, der Klopapierfall nimmt riesige Ausmaße an! Heute Morgen haben sich fast alle Gäste beschwert, dass sie kein Toilettenpapier haben. Meine

Eltern sind völlig fertig, weil heute Feiertag ist und kein Geschäft aufhat.“
Miriam war dazugekommen. „Wer kann denn so was gemacht haben? Als du um halb sechs die Zimmer kontrolliert hast, war doch alles noch in Ordnung, oder?“
Freddi nickte.
„Und gegen sieben haben sich die ersten Gäste beschwert. Das heißt also: Die Rollen sind zwischen halb sechs und sieben geklaut worden“, kombinierte Miriam.
„Klingt logisch“, sagte Freddi. „Denn bis sieben Uhr waren die Zimmer unverschlossen. Danach haben die Gäste ihre Zimmerschlüssel bekommen und ihr Gepäck hochgebracht. Außerdem – “, er runzelte die Stirn und dachte nach. „Na klar! So muss es gewesen sein. Wir sind durch die Hintertür ins Hotel gegangen. Und weil es schnell gehen musste, habe ich sie offen gelassen.“
„Dann konnte also jeder Halunke unbemerkt durch die Hintertüre ins Hotel gelangen“, rief Jana. „Und als wir in der Küche beim Servieren geholfen haben, war mindestens eine halbe Stunde lang keiner oben.“
„Mir fällt noch was ein! Als wir in der Küche standen, habe ich die Treppe knarren hören. Bei dem Lärm dachte ich, ich hätte mich verhört. O Mann – war ich

blöd! Hätte ich bloß nachgesehen. Wir hätten den Dieb auf frischer Tat ertappen können." Freddi schlug sich wütend an die Stirn.

„Ja – du bist schon ein Hornochse. Es wird noch lange dauern, bis aus dir ein guter Detektiv wird", sagte Jana großspurig.

„Pah – du warst doch auch in der Küche! Du hast ja nicht mal die Treppe knarren hören", knurrte Freddi.

Miriam ging dazwischen: „Müsst ihr euch dauernd streiten? Mit ‚Wir hätten' werden wir nie einen Fall lösen! Im Moment ist es doch wohl das Wichtigste, Klopapier zu beschaffen. Deiner Mutter kann kaum geholfen werden, wenn wir in drei Wochen wissen, wer es gestohlen hat. Wir sollten lieber überlegen, wo wir welches herbekommen."

Freddi und Jana nickten. Wie meistens hatte Miriam Recht.

„Tante Lenis Lädchen", schlug Jana vor. „Heute ist zwar Feiertag, aber wenn du ihr die Sache erklärst, macht sie sicher eine Ausnahme."

„Auf die Idee ist meine Mutter auch schon gekommen", gab Freddi zurück. „Sie hat schon gestern Abend bei Leni angerufen. Aber leider hat Leni kein Toilettenpapier mehr. Ausverkauft. Mein Vater sagt, wir hätten jetzt eine echte Notlage, weil auch die Papiertaschentücher knapp werden!"

„Notlage – das bringt mich auf eine Idee“, strahlte Jana. „Wenn irgendwo Menschen in Not sind, gibt es doch immer solche Spendensammlungen. Wie wär’s, wenn wir eine Spendensammlung starten würden?“
„Keine schlechte Idee“, stimmte Miriam zu. „Bloß wird unser Spendenaufruf sicher nicht im Fernsehen angesagt.“
„Soll er ja auch nicht“, sagte Jana. „Wir schreiben Zettel, die wir den Leuten hier im Dorf in die Briefkästen werfen.“
Freddi hatte nachgedacht: „Die Zettel müssen aber echt aussehen, sonst spenden die Leute nicht. Haben deine Eltern eine Schreibmaschine?“
„Ja – Mama hat eine. Aber wir brauchen doch mindestens dreißig oder vierzig von den Zetteln, weil vielleicht nicht jeder eine Klopapierrolle spenden will. Wenn wir vierzig Zettel tippen, brauchen wir den ganzen Tag“, überlegte Jana.
„Frau Steinbrink hat doch im Pfarrhaus einen Kopierer – vielleicht dürfen wir die Zettel kopieren“, schlug Miriam vor.
Einige Zeit später liefen die drei Richtung Pfarrhaus. Es hatte sie große Mühe gekostet, den „Spendenaufruf“ auf der Schreibmaschine zu tippen, und sie hatten lange überlegt, was sie schreiben sollten. Schließlich sollte der Zettel „echt“ aussehen. Aber nun waren

sie zufrieden. Als sie durch die Kirchgasse liefen, öffnete sich das mittlere Fenster im dritten Stock eines Mehrfamilienhauses.
Ein Junge streckte seinen Kopf heraus und rief: „He – habt ihr euren Spaten vergessen, ihr Dreckwühler?"
Jana schaute hoch. Natürlich – Björn. Dauernd musste er sich einmischen.
„Pah – wir haben wichtigere Dinge zu tun, als kindisch in der Gegend herumzubuddeln, du Blödmann", erwiderte sie überlegen.
Björn kicherte. „Wäre aber sicher interessant. Es liegen nämlich ungeahnte Schätze in der Gegend herum. Besonders hinterm Pfarrhaus!" Er lachte noch einmal so richtig hämisch, dann verschwand Björns Kopf und das Fenster schloss sich.
„Der CDM hat sich bestimmt irgendwas Gemeines ausgedacht", vermutete Freddi. „Wir sollten denen mal

auf die Finger schauen!“
„Vergiss nicht, dass wir zwei dringende Fälle lösen müssen“, sagte Jana und drängte Freddi weiter. „Wenn wir das geschafft haben, können wir uns mit diesen unterbelichteten Zwergen beschäftigen.“

DAS DETEKTIVBÜRO

Frau Steinbrink, die Pfarrhaushälterin, kniete in Pfarrer Blessmanns heiß geliebtem Rosenbeet und zupfte Unkraut.

„Hallo – Frau Steinbrink“, rief Jana. „Haben Sie ein bisschen Zeit?“

„Falls ihr wieder in meinem Vorratskeller nach Geheimgängen suchen wollt, heißt die Antwort: Nein!“ Frau Steinbrink setzte ihr strengstes Gesicht auf.

„Das ist es nicht“, versicherte Miriam schnell. „Wir wollten bloß fragen, ob wir vierzig Kopien machen dürfen. Wir bezahlen sie auch.“

Jetzt lächelte Frau Steinbrink wieder. „Ja sicher dürft ihr das. Und wenn ihr wollt, trinken wir anschließend einen Kakao zusammen. Ich wollte sowieso gerade eine Pause machen.“

Im Pfarrbüro zeigte sie Miriam, wie der Kopierer funktionierte, und verschwand dann in der Küche, um Kakao zu machen. Miriam, Jana und Freddi sahen inzwischen zufrieden zu, wie sich nach und nach vierzig Spendenaufrufe aus dem Kopierer schoben.

„Das war die beste Idee, die du je hattest, Miriam", bemerkte Jana zufrieden. „Stellt euch vor, wir hätten diese ganzen Zettel tippen müssen ..."

„Der Kakao ist fertig", rief Frau Steinbrink aus der Küche.

Als sie alle in der Küche des Pfarrhauses am Tisch saßen, wollte Frau Steinbrink wissen, ob sie in ihrem „geheimen Fall" schon weitergekommen waren.

„Ich bin ja richtig neugierig geworden, nachdem ich euch in Lenis Lädchen getroffen hatte. Habt ihr schon jemanden verhaftet?", fragte sie.

Jana sah Frau Steinbrink beleidigt an. „Jetzt machen Sie sich aber über uns lustig! Sie werden sich noch wundern. Wenn wir erst unser Detektivbüro haben und – hops – einen Gangster nach dem anderen verhaften ..."

„Nun werd doch nicht gleich böse", beruhigte Frau Steinbrink Jana. „Erzählt mir lieber, wo ihr euer Detektivbüro aufmachen wollt."

„Tja – leider wissen wir das noch nicht genau", gab Freddi zu.

Frau Steinbrink runzelte die Stirn und dachte eine Weile nach.
„Wartet mal einen Moment, Kinder“, sagte sie und ging aus der Küche.
Nach einigen Minuten, in denen Jana, Miriam und Freddi gespannt warteten, kam die Pfarrhaushälterin wieder herein.
„Also, Kinder – ich habe gerade mit Pfarrer Blessmann gesprochen. Ihr kennt doch den alten Kaninchenstall hinten im Garten?“
Miriam schüttelte den Kopf, aber Jana und Freddi nickten. Der gepflegte Pfarrgarten ging im hinteren Teil in eine Wildnis über. Dort, wo das Gelände zum Bach hin abfiel, stand unter großen Kirschbäumen ein alter Schuppen.
„Nun – diesen Schuppen könnt ihr als Detektivbüro benutzen.“ Frau Steinbrink zog einen Schlüssel aus der Tasche.
Die Kinder jubelten und Jana streckte die Hand nach dem Schlüssel aus.
„Aber“, fuhr Frau Steinbrink fort, „Pfarrer Blessmann stellt drei Bedingungen. Erstens dürft ihr nie wieder durch sein Rosenbeet laufen!“
Alle drei nickten eifrig. „Zweitens müsst ihr ab und zu den Rasen mähen und drittens den Schuppen neu streichen und in Ordnung halten. Farben zum

Streichen werde ich euch am Dienstag besorgen. Und *ich* hoffe, dass ihr alle Ganoven von hier fern haltet. Wollt ihr das?", schloss Frau Steinbrink lächelnd.
Klar, dass die drei Detektive wollten! Frau Steinbrink reichte Jana den Schlüssel und die drei liefen hinaus.
„Halt – wir haben die Kopien vergessen!" Miriam lief noch einmal zurück, um sie zu holen.
„Was sind das eigentlich für Zettel?", wollte Frau Steinbrink wissen.
„Ach – nur ein Spendenaufruf für einen guten Zweck", gab Miriam zurück und jagte den beiden anderen nach.
„Dies ist ein glorreicher Augenblick in der Geschichte unseres Detektivclubs", verkündete Jana und steckte den Schlüssel ins Schloss des alten Schuppens. „Gleich wird der Fuß der berühmten Detektivin Jana Peters zum ersten Mal die Schwelle unseres Büros überschreiten …"
„Nun hör schon auf zu labern und schließ auf", unterbrach Freddi ungeduldig.
Doch der „glorreiche Augenblick" ließ noch auf sich warten, denn das Schloss klemmte. Es dauerte eine Weile, bis sie schließlich mit vereinten Kräften die Tür aufbekamen. Und das ging dann so plötzlich, dass sie alle in den Schuppen purzelten. Sie rappelten sich wieder hoch und sahen sich um. Der Schuppen war ungefähr zwei Meter breit und drei Meter lang. In der

Wand gegenüber der Tür war ein Fenster, dessen Scheiben blind vor Dreck waren. An der Rückwand waren vom Boden bis zur Decke Kaninchenkäfige angebracht.

„Die können wir als Aktenschränke benutzen", schlug Freddi vor. Er öffnete eines der Gittertürchen, sah hinein und verzog die Nase. „Allerdings müssten die Käfige vorher gründlich sauber gemacht werden ..."

Bis auf fünf Holzkisten, zwei alte Blechtonnen und die fest angebrachten Käfige war der Schuppen leer.

„Wir brauchen Möbel – Stühle und einen Schreibtisch", sagte Jana.

„Erst mal können wir die Holzkisten als Hocker

nehmen. Und wenn wir ein Brett auf die Tonnen legen, haben wir auch einen Tisch“, meinte Miriam, die immer praktisch dachte. „Aber jetzt sollten wir nach Hause laufen, Besen holen und hier sauber machen.“

Damit waren Jana und Freddi einverstanden.

Auf der Treppe, die von der Kirchgasse zur Kirche führte, saßen Björn, Ivo und Bettina.

„Na, ihr Maulwürfe? Wann grabt ihr denn mal wieder?“, wollte Ivo wissen. Er lächelte hinterlistig.

„Grabt doch selber, wenn ihr so wild darauf seid“, knurrte Freddi.

„Ja – am besten, ihr buddelt euch bis nach Australien durch, dann sind wir euch los“, ergänzte Jana, als sie vorbeiliefen.

Miriam begann die Spendenaufrufe in alle Briefkästen zu werfen, an denen sie vorbeikamen. „Ich möchte bloß wissen, warum der CDM plötzlich so an Erdarbeiten interessiert ist“, grübelte sie laut. „Da steckt doch sicher was dahinter.“

Jana nahm ihr einige Zettel ab, um sie auf der anderen Straßenseite einzuwerfen. „Bestimmt wollen die uns auflauern, um herauszufinden, wo wir graben. Aber da können sie lange warten. Und alleine finden sie die Stelle sicher nicht. Das Loch ist gut zwischen den Brombeeren versteckt“, sagte sie.

Mittlerweile hatten sie das peterssche Haus erreicht und alle Zettel waren verteilt. Sie suchten Besen und Putzlappen.

„So – es wird Zeit, dass wir uns wieder um unsere Detektivpflichten kümmern“, ordnete Jana an, als sie alles zusammengesucht hatten. „Schließlich läuft ein Hundesentführer frei im Dorf herum. Freddi – du gehst am besten gleich los und beobachtest Ernsts Wohnung, während Miriam und ich unser Büro herrichten.“

„Sag mal – spinnst du? Kaum haben wir ein Detektivbüro, fängst du schon wieder an herumzukommandieren“, sagte Freddi wütend. Jana konnte manchmal wirklich unausstehlich sein. „Geh doch selber hin und bewach das Haus. Ich gehe mit Miriam in unser Büro.“

„Moment – ich finde, wir sollten abwechselnd Wache halten“, griff Miriam ein. „Jeder eine Stunde lang. Wir losen aus, wer anfängt. Die beiden anderen dürfen unser Büro entstauben. Außerdem sollten wir wieder die Funkgeräte benutzen.“

DIE SPENDENAKTION

Eine Stunde kann unglaublich lang sein, wenn man alleine unter einem Fliederbusch liegt und auf zwei mit Rollläden verschlossene Fenster starrt.

Freddi hatte die erste Wache übernehmen müssen. Das ärgerte ihn besonders, weil Jana ihn triumphierend angegrinst hatte. Aber sollte sie nur – sie war als Nächste dran.

„Überhaupt – was für eine blöde Idee hier den ganzen Tag lang Wache zu schieben“, dachte Freddi. „Wenn Ernst wirklich einen Einbruch plant, dann wird er sicher nichts am hellen Tag unternehmen.“

Vor ihm lag Janas Notizbuch. Um sich zu beschäftigen, schrieb er „12 Uhr 30, keine besonderen Vorkommnisse“ hinein. Dann starrte er wieder auf die verschlossenen Rollläden.

Zur gleichen Zeit bemerkte Frau Irmgard Holzapfel, die Inhaberin der einzigen Imbissbude im Dorf, einen Zettel, der durch den Briefschlitz in den Flur gefallen war. Erstaunt hob sie ihn auf, denn heute war wegen des Feiertages keine Post zugestellt worden. Als sie den Zettel las, war sie noch verwunderter, denn dort stand:

Spendenaufruf !

Bitte habens sie ein Herz für arme alte
Leute. spänden sie eine Role Tolet-
papir!!! Abzugeben heute,samstag im Hotel
Zum wilden Schwein.
Bite nur Sachspänden,kein Gelt.

Fielen Dank für ire Mithilfe!!!

Sie rief ihre Tochter Birgit und hielt ihr den Zettel unter die Nase.

„Schau mal, Birgit. Was soll denn dieser Spendenaufruf? Glaubst du, das ist ein Kinderstreich?“

Birgit drehte den Zettel hin und her. „Möglich. Aber der Zettel ist doch gedruckt. Wie sollen Kinder das machen? Vielleicht steckt irgend so eine Fernsehsendung dahinter, wie ‚Verstehen Sie Spaß‘ oder ‚Versteckte Kamera‘. Ich finde, wir sollten in jedem Fall hingehen!“

Frau Holzapfel nickte aufgeregt: „Ja – du könntest Recht haben! Denn gestern ist am Hotel ein großer Reisebus angekommen. Wir gehen heute Nachmittag hin. Vielleicht können wir was gewinnen.“

Jana und Miriam hatten den Schuppen gründlich ausgefegt und das alte Stroh aus den Kaninchenställen geholt. Mit einem Eimer Wasser aus dem Bach hatten sie die Fensterscheiben, den Fußboden, ja sogar die Holzkisten abgeschrubbt.

„Langsam kriege ich Hunger“, sagte Jana und ließ sich auf eine der Holzkisten fallen.

„Ich auch“, nickte Miriam.

Das Funkgerät knackte und Freddis Stimme war zu hören: „Hallo – ich langweile mich hier zu Tode. Kommt ihr bald und löst mich hier ab?“

„Ja – wir laufen nur eben nach Hause und holen uns was zu essen“, antwortete Jana.

Pünktlich um ein Uhr übernahm Jana das Notizbuch und das Funkgerät von Freddi. Sie hatte außerdem ein Fernglas und eine Tasche mit ihrem Mittagessen dabei.

Freddi berichtete, dass bisher rein gar nichts passiert war, und lief mit Miriam anschließend Richtung Marktplatz. Es war wieder sehr heiß geworden.

Die Sonne schien, nur in der Ferne war eine dunkle Wolke zu sehen. Jana machte es sich hinter dem Fliederbusch gemütlich und packte die Schüssel Kartoffelsalat und Würstchen aus.
„Der Beruf der Detektivin ist doch wirklich sehr lustig“, dachte sie zufrieden.

Freddi und Miriam aßen ebenfalls – allerdings in ihrem neuen Detektivbüro. Miriam hatte auch eine Flasche Schmieröl aufgetrieben. Damit ölte sie das verklemmte Schloss und die Angeln der Schuppentür.
„Jetzt lässt sich die Tür wieder prima öffnen“, stellte Miriam fest. „Nun fehlt uns noch ein Brett, das wir als Tischplatte auf die Tonnen legen können.“
Freddi überlegte. „Es kann sein, dass wir auf unserem Dachboden noch ein paar alte Möbel haben“, sagte er. „Wenn wir Glück haben, ist ein Tisch dabei. Komm, wir schauen mal nach.“
Kurz darauf betraten sie den Gastraum des Hotels „Zum Wilden Schwein“.
Miriam blieb erstaunt stehen. „Was ist denn hier los?“, flüsterte sie.
„Das ist eine Werbeverkaufsveranstaltung“, tuschelte Freddi zurück.
Die ganze Reisegruppe war im Gastraum versammelt. Am hinteren Ende des Raumes war ein großer Tisch

aufgebaut, auf dem sich Decken, Kochtöpfe und allerlei Gerätschaften stapelten. Davor stand der geschniegelte Reiseleiter und hielt einen kleinen Gegenstand in die Luft, der wie eine gewöhnliche Küchenreibe aussah.

„... und dieses kleine, aber unglaublich vielseitige Gerät der Firma Senilon für nur 59,99 DM – heute für Sie als Vorzugspreis – kann nicht nur fünf Kilo junges Gemüse putzen – nein, es kann noch viel mehr ..."

Aber sie erfuhren nicht mehr, was das unglaublich vielseitige Gerät alles konnte, denn in diesem Moment platzten Frau Irmgard Holzapfel und ihre Tochter Birgit herein.

„Ist hier die große Spendenaktion ‚Ein Herz für alte Leute – spendet Toilettenpapier'?", rief Frau Holzapfel und zog zwei rosa geblümte Rollen aus ihrer bauchigen Tasche. „Ach – da ist ja auch der Tisch mit den wunderbaren Preisen! Und Sie, junger Mann – sind Sie vom Fernsehen?" Ihr Blick fiel auf den verdatterten Reiseleiter.

„Wo können wir das abgeben?", fragte Birgit und zeigte auf die Toilettenpapierrollen.

Im ganzen Raum war es still geworden. Um so lauter war der Knall, den die Kaffeekanne machte, die Frau Bürger aus der Hand fiel. Sie war gerade aus der Küche gekommen, um Kaffee nachzuschenken.

„Was für eine Spendenaktion?“, fragte sie und wurde abwechselnd puterrot und leichenblass.
Bevor Irmgard Holzapfel antworten konnte, öffnete sich die Eingangstür erneut. Direkt nacheinander traten Tante Leni und Malermeister Schwarz ein.
„Ah – hier ist also die Klopapiersammelstelle“, röhrte der Malermeister fröhlich und drückte Frau Bürger eine Rolle Umweltschutztoilettenpapier in die Hand.
Frau Bürger war die Situation furchtbar peinlich.
„Ich verstehe das nicht – wieso weiß das ganze Dorf, dass uns unser gesamtes Toilettenpapier gestohlen wurde – und was ist das für ein Spendenaufruf?“, wollte sie wissen. Herr Schwarz zog einen Zettel aus

der Tasche und hielt ihn ihr unter die Nase. Freddi und Miriam wurde allmählich klar, dass ihre Aktion einige ungeahnte Nebenwirkungen hatte. Freddi wusste nicht, ob er davonlaufen oder im Boden versinken sollte. Schließlich gab er sich einen Ruck und trat nach vorne.

Miriam stellte sich neben ihn.

„Also – ähm – wir haben den Spendenaufruf verteilt. Wir wollten doch nur helfen, dass die Gäste zufrieden mit dem Hotel sind“, stammelte Freddi.

Nun brach ein schallendes Gelächter im ganzen Raum aus.

„Nein, so eine lustige Verkaufsveranstaltung habe ich noch nie erlebt“, kicherte eine ältere Dame. „Frau Bürger – seien Sie doch stolz auf Ihren einfallsreichen Sohn“, lobte ein grauhaariger Herr.

Nun konnte auch Frau Bürger lächeln. „Na gut. Ich danke den edlen Spendern und lade zum Dank zu einer Tasse Kaffee und Kuchen ein. Und du, Freddi, machst ein Schild an die Vordertür: ‚Spenden bitte am Hintereingang abgeben‘.“

FREDDI MELDET SICH NICHT

Jana lag unter dem Fliederbusch und langweilte sich tödlich. Nichts regte sich im Haus Nummer 14 – absolut gar nichts. Wenn nun Ernst gar nicht da war? Er konnte ja heute früh unbemerkt das Haus verlassen haben. Auch die anderen Hausbewohner schienen fort zu sein. Sie sah auf ihre Armbanduhr. Es war erst Viertel vor zwei – noch fünfzehn endlose Minuten bis zur Ablösung.

„Der Detektivberuf hat auch seine Schattenseiten“, dachte sie verärgert. „Vielleicht werde ich doch Leiterin einer Urwaldexpedition. Das ist sicher spannender.“

Mittlerweile war es windig geworden und die kleine, dunkle Wolke hatte sich zu einer düsteren Gewitterfront ausgewachsen.

Jana beobachtete jetzt abwechselnd die Rollläden und die Wolken. In der Ferne grollte es dumpf.
Jana schaltete das Funkgerät ein. „Hallo, Freddi – Miriam! Es gibt gleich ein Gewitter. Bringt mir einen Schirm vorbei!“ Keine Antwort. „He – Miriam und Freddi, wo steckt ihr?“ Das Funkgerät blieb stumm. Nun wurde Jana unruhig. Auch wenn sie es nie zugegeben hätte, hatte sie ziemlich Angst vor Gewittern. Und sie war noch nie bei einem Gewitter draußen gewesen. Vor allem nicht ganz alleine. Wo steckten bloß Freddi und Miriam und warum antworteten sie nicht?
Jana konnte natürlich nicht wissen, dass Freddi das Funkgerät im Detektivbüro liegen gelassen hatte. Und dass Miriam und Freddi gerade auf dem Dachboden des Hotels nach Möbeln für das Büro suchten. Da der Dachboden keine Fenster hatte, bemerkten sie auch

das heraufziehende Gewitter nicht, und Jana hatten sie im Moment vollkommen vergessen.

Der Himmel war nun ganz finster geworden. Die ersten Regentropfen platschten dick und schwer auf den ausgetrockneten Boden und hinterließen kleine feuchte Krater im Staub. Jana beschloss die Überwachung abzubrechen und nach Hause zu laufen. „Bei dem Wetter wird Ernst sicher nicht aus dem Haus gehen – selbst, wenn er da ist“, dachte sie, erhob sich und packte ihre Sachen in die Tasche. Da zuckte ein Blitz und gleich darauf knallte es ohrenbetäubend. Es war zu spät, um nach Hause zu laufen, das wurde ihr jetzt klar. Gleich würde das Gewitter losbrechen und dann wollte sie auf keinen Fall auf der Straße herumlaufen. Sie flüchtete in den nächsten Hauseingang. Es war das Haus, in dem der Kollege von Janas Vater wohnte. Glücklicherweise hatte das Haus eine Art kleiner Veranda vor der Tür. So saß Jana, die sich schlotternd in eine Ecke verkroch, ziemlich geschützt. Jetzt schüttete es wie aus Kübeln. Blitze zuckten, Donner rollte. Nun begann es auch zu hageln. Jana bibberte vor Angst.

„Da, schau mal – das ist doch ein feiner Bürotisch“, rief Freddi und räumte ein paar Kartons voller

Gerümpel beiseite. „Der ist prima“, nickte Miriam. Mit vereinten Kräften schleppten sie den kleinen Tisch ins Licht.
„Schade – er hat nur drei Beine“, stellte Freddi fest. „Macht nichts – wir stellen die Tonne drunter“, sagte Miriam, als es plötzlich donnerte. „Was war das denn?“, fragte sie erstaunt.
„Hört sich wie ein Gewitter an“, keuchte Freddi, der sich gerade bemühte den Tisch zur Treppe zu schaffen. Miriam packte mit an und mit viel Gepolter schleppten sie den Tisch hinunter. Durch das Flurfenster zuckte ein greller Lichtschein herein.
„Du hast Recht – das ist wirklich ein Gewitter“, sagte Miriam. „O wei. Die arme Jana. Gib mir mal das Funkgerät.“
Freddi wurde rot. „Ähm – das liegt im Büro. Ich hab es dort vergessen.“
Sie sahen aus dem Flurfenster. Draußen stürmte und hagelte es.
„Wir müssen hier warten, bis das Gewitter vorbei ist – dann können wir das Funkgerät holen und Jana suchen. Ich schätze, dass sie nach Hause gegangen ist“, vermutete Miriam.
Freddi nickte erleichtert: „Ja – bestimmt ist sie nach Hause gegangen. Warten wir also, bis der Regen aufhört.“

Allmählich ließ der Regen nach und ein kräftiger Wind blies die Wolken vor sich her.
Jana atmete erleichtert auf. Bald schien die Sonne wieder, aber es war kühl geworden. Und ihr gemütliches Plätzchen unter dem Fliederbusch hatte sich in eine schlammige Pfütze verwandelt.
„Jetzt warte ich hier seit zwei Stunden. Auf Miriam und Freddi ist einfach kein Verlass“, dachte sie wütend. „Aber denen werde ich jetzt die Meinung sagen!“ Sie wollte gerade gehen, als sie einen Hund jaulen hörte. Sie blieb stehen und lauschte. Tatsächlich – das Jaulen schien aus Ernsts Wohnung zu kommen. Aber ganz sicher war sie sich nicht.
Da jaulte der Hund wieder. Diesmal klang es lauter und deutlicher und gleich wusste Jana auch warum: Die Haustür von Nummer 14 öffnete sich! Eine braune Schnauze erschien im Türspalt und verschwand wieder.
Jana hatte gerade noch Zeit sich in die Pfütze unter dem Fliederbusch zu werfen, denn nun streckte Ernst seinen Kopf aus der Tür und sah prüfend die Straße herauf und herunter. Er schien Jana nicht zu bemerken.
„Ich habe ja auch eine hervorragende Tarnfarbe“, dachte sie und wischte sich die dicksten Schlammklumpen aus dem Gesicht.

Nachdem Ernst sich davon überzeugt hatte, dass die Straße leer war und niemand ihn beobachtete, trat er auf die Straße. Er hielt den aufgeregt herumspringenden Hund an der Leine.
Es war das erste Mal, dass Jana den Hund richtig erkennen konnte.
„Mannomann – so einen vornehmen Köter habe ich ja noch nie gesehen", dachte sie. „Ein Rassehund. Sicher gehört er stinkreichen Leuten."
Der Hund zog kräftig an der Leine und lief genau auf den Fliederbusch zu, hinter dem Jana lag.
Sie hielt den Atem an. Wenn Ernst sie jetzt sehen würde? Aber glücklicherweise war Ernst damit beschäftigt, die Straße zu beobachten. Offensichtlich hatte er Angst gesehen zu werden.
Der Hund hielt an dem Fliederbusch und schnüffelte herum. Jana rührte sich nicht. Wenn sie die Hand ausgestreckt hätte, hätte sie ihn berühren können. Der Hund trug ein weinrotes Lederhalsband mit einem silbernen Schildchen. Sie versuchte zu lesen, was darauf stand – es schien eine Adresse zu sein. „Villa Waldes…" stand dort – den Rest konnte sie nicht lesen, weil das lange Hundefell darüber hing.
„So, nun komm, Albertina", sagte Ernst. Er ging mit raschen Schritten Richtung Holzweg, wobei er den Hund hinter sich herzog.

Der Wiesenweg war eine asphaltierte Straße, die dort, wo die letzten Häuser des Dorfes standen, in einen grasüberwachsenen Feldweg überging. Dieser Weg wurde „Holzweg“ genannt, weil der Bauer auf diesem Weg Holz aus dem Wald transportierte.
Jana folgte ihm unauffällig, was nicht einfach war, denn Ernst sah sich dauernd um.
„Er benimmt sich wirklich sehr verdächtig“, dachte Jana. Jedesmal, wenn Ernst sich umsah, musste sie in einem Vorgarten oder Hauseingang in Deckung gehen. Bald hatte sie das Ende der Straße erreicht. Der „Holzweg“ schlängelte sich nun zwischen den Pferdekoppeln des Bauern Meiser hindurch zum Wald. Bis zum Waldrand gab es keine Deckung mehr. Wenn Ernst sie also nicht bemerken sollte, musste Jana warten, bis er den Wald erreichte.
Jana setzte sich neben die Gartenmauer des letzten Hauses in der Straße. Ob sie Ernst alleine nachschleichen sollte?

DREI DETEKTIVE AUF DEM HOLZWEG

Ernst und der Hund hatten etwa die Hälfte des Weges zum Wald hinter sich gebracht. Jana konnte sie von hier aus gut beobachten.
Plötzlich klopfte ihr jemand auf die Schulter. Jana fuhr erschrocken herum.
„Ach, Freddi und Miriam!“, seufzte sie erleichtert. „Das wurde auch Zeit. Ich war schon ziemlich sauer auf euch. Aber gut, dass ihr hier seid!“ Rasch erzählte Jana, was bisher passiert war.
Freddi entschuldigte sich, dass er das Funkgerät liegen gelassen hatte. Miriam und er waren gleich nach dem Regen zum Haus der Familie Peters gelaufen, um Jana abzuholen. Doch als sie dort nicht war, waren sie zum Wiesenweg gegangen.
„Wie mutig von dir, dass du trotz des Gewitters nicht

nach Hause gelaufen bist. Ich wäre vor Angst gestorben", sagte Miriam bewundernd.
„So ein Gewitterchen kann Jana Peters doch nicht erschrecken", gab Jana zurück. Wenn sie schon die Überwachung ganz allein durchführen musste, durfte sie ruhig ein bisschen schwindeln. „Eine echte Detektivin lässt ihren Posten nie im Stich."
Ernst hatte nun den Waldrand erreicht.
„Was hat er bloß vor?", fragte Miriam.
„Hinterher. Sonst wird sein Vorsprung zu groß", sagte Freddi und die drei rannten los.
Als sie die Stelle erreicht hatten, wo der Holzweg in den Wald abbog, hielten sie ziemlich außer Atem an.
„Jetzt müssen wir sehr vorsichtig und leise sein, damit wir diesem Hundesentführer nicht in die Arme laufen", flüsterte Jana.
Sie schlichen schweigend weiter.
Der Weg führte in leichten Kurven bergauf. Es war ganz still zwischen den hohen Buchen. Man konnte nicht weit sehen, weil immer wieder dunkle Ilexbüsche den Blick versperrten. Sie waren noch nicht weit gekommen, als es plötzlich einen ohrenbetäubenden Knall ganz in ihrer Nähe gab. Einen Moment lang blieben die drei regungslos stehen und sahen sich erschrocken an. Dann sprangen sie in den nächsten Ilexbusch, der leider sehr stachelig war.

„Was war das?“, wisperte Miriam. Sie war leichenblass. „Hat da jemand – geschossen?“
Jana nickte nur. Auch sie sah ziemlich blässlich im Gesicht aus.
„Vielleicht der Förster?“, bibberte Freddi.
Hinter ihnen raschelte es. Sie lagen mäuschenstill und wagten nicht sich zu rühren. Auch auf der anderen Seite des Weges knackte es, eilige Schritte kamen näher. Zwischen den Büschen tauchte Ernst auf. Er blickte gehetzt umher. In der Hand hielt er die Hundeleine – aber Albertina war nicht bei ihm! Unmittelbar vor den Kindern sprang er wieder auf den Weg und rannte im Laufschritt zurück zum Waldrand.

„Hätte ich das doch nicht getan – hätte ich mich doch nie auf diese Sache eingelassen“, hörten die Kinder ihn murmeln.
Ernst war kaum an ihnen vorbei, da kam Jana ein furchtbarer Gedanke. „Wenn nun *Ernst* geschossen hat?“, stammelte sie. Jana liebte Hunde über alles. Daran, dass Ernst dem Hund etwas antun könnte, hatte sie nie gedacht, auch wenn sie sonst immer so tat, als seien Mord und Totschlag für sie an der Tagesordnung. Sie hatte geglaubt, dass Ernst Lösegeld von dem Hundebesitzer kassieren wollte, um den Hund dann wohlbehalten wieder zurückzugeben. Oder, dass Ernst den Hund einige Tage versteckt halten würde, um ungestört einbrechen zu können. Oder, dass er Hunde genauso liebte wie sie und den Hund einfach gestohlen hatte, um ihn zu behalten.
Was hatte Ernst gemurmelt? „Hätte ich das doch nicht getan.“ Hatte er Albertina etwas getan? Etwas, was er nun bereute?
Bei diesem Gedanken wurde Jana so wütend, dass sie jede Vorsicht vergaß.
„Na warte – dir werde ich es zeigen, du Schuft“, heulte sie und sprang auf.
Freddi und Miriam packten sie und zogen sie mit vereinten Kräften wieder in den Busch.
Ernst war glücklicherweise gerade hinter der nächsten

Kurve verschwunden. „Jana – bist du verrückt?“, zischte Freddi.
„Meinst du wirklich, dass er den Hund ...?“ Miriam traute sich nicht das Schreckliche auszusprechen. Sie zitterte am ganzen Körper.
Jana war wieder zur Vernunft gekommen. „Wir müssen nachsehen, ob wir den Hund finden“, sagte sie. „Vielleicht ist Albertina verletzt.“
Freddi schluckte. „Ist das nicht viel zu gefährlich? Wenn Ernst nun zurückkommt?“
„Du hast Recht. Einer muss am Waldrand Wache halten“, nickte Jana.
Miriam erhob sich und ging zum Waldrand. Der Gedanke, vielleicht einen toten Hund zu finden, war zu furchtbar. Sie sah Ernst drüben im Dorf zwischen den Häusern verschwinden.
Freddi und Jana begannen mit ihrer Suche. Durch das Gewitter war der Waldweg aufgeweicht und matschig. Deutlich sah man die Spuren von Ernst und dem Hund, die in den Wald hineinführten. Die Hundespuren liefen direkt neben den Fußspuren von Ernst. Etwa hundert Meter hinter der Stelle, an der die Kinder sich versteckt hatten, entfernten sich die Pfotenabdrücke von der Fußspur, die weiter geradeaus führte. Wieder dreißig Meter weiter hörte die Hundespur plötzlich auf.

„Hier muss es passiert sein.“ Jana schauderte und sah sich um. An einer Stelle war das hohe Gras am Wegrand niedergetreten. „Und hier muss Ernst den Weg verlassen haben und in den Wald gelaufen sein.“
Freddi nickte. Er untersuchte die Stelle, an der die Hundespur endete. Hier lag sehr viel Laub auf dem Waldboden neben dem Weg, sodass keine Fußspuren zu erkennen waren. Aber als er genauer hinsah, bemerkte er, dass das Laub an einigen Stellen aufgewühlt war. Man sah die dunkle Walderde, die darunter lag. Diese Stellen führten in einer geraden Linie vom Weg fort.
„Ich glaube, dass auch Albertina in den Wald gelaufen ist und dabei das Laub aufgewirbelt hat“, rief er Jana zu.
„Pass auf – ich folge Ernsts Spur und du Albertinas“, antwortete Jana. Bald verlor Freddi die Spur des Hundes. Als Jana kam, um ihm suchen zu helfen, gab es schließlich so viele aufgewühlte Stellen im Laub, die alle gleich aussahen, dass sie aufgeben mussten.
Enttäuscht liefen sie kreuz und quer durch das Waldstück, in der Hoffnung irgendetwas zu finden.
Als sie die Fichtenschonung erreicht hatten, stieß Freddi einen Schrei aus. „Jana – ein Grab! Hier!“
Jana kam langsam näher. Zwischen den Fichten war es dämmrig. Ein brauner Hügel erhob sich zwischen

den Bäumen. Er hatte die Größe eines Hundegrabes – nur war er nicht länglich, sondern kegelförmig.
Jana atmete erleichtert auf: „Das ist nur ein Ameisenhaufen, du Idiot.“
Sie kehrten um und gingen zurück zu der Stelle, an der sie sich versteckt hatten. Sie erkannten deutlich, wo Ernst wieder auf den Weg zurückgekehrt war. Freddi versuchte von hier aus seine Spur zurückzuverfolgen.
Inzwischen ging Jana um den Ilexbusch herum, unter dem sie gelegen hatten. Ihr war eingefallen, dass es kurz nach dem Knall hinter ihnen geraschelt hatte. Auf dieser Seite des Weges lag wenig Laub, der Boden war schlammig. Ein ganzes Stück hinter ihrem Versteck fand sie Fußspuren. Erstaunt betrachtete sie die Abdrücke und verglich sie mit ihren eigenen. Sie waren nur wenig größer als ihre. Es mussten also noch mehr Leute hier im Wald gewesen sein, als der Schuss fiel. Und zwar entweder Zwerge oder Kinder in ihrem Alter! Sie folgte den Spuren, bis der Boden felsig wurde und keine Abdrücke mehr zu finden waren. Sie ging noch ein Stück weiter.
„Man müsste einen indianischen Fährtensucher zum Freund haben“, dachte sie und hob ein Fetzchen mattrotes Papier auf.
Sie drehte das Papierstückchen hin und her. Es kam

ihr bekannt vor. Die Farbe erinnerte sie an irgendetwas. Aber an was?
Vom Waldrand her ertönte ein Pfiff. Das Warnsignal!
Jana steckte den Papierfetzen erschrocken in die Tasche und rannte zum Waldrand. Freddi war schon dort.
„Schnell – wir müssen verschwinden“, rief Miriam.
Auf dem Weg zwischen den Pferdekoppeln kamen Ernst und Bea heran. Ernst trug eine Hundeleine.
„Wir laufen am besten hinter den Büschen am Waldrand entlang“, sagte Freddi. „Hinten, bei Bauer Meisers Hof, gibt es noch einen Weg ins Dorf.“
Erst auf halber Strecke zu dem Hof trauten sie sich wieder zu sprechen.
„Komisch, dass Ernst eine Hundeleine bei sich hat“, wunderte sich Miriam. „Wenn er mit Bea zurückgekommen wäre, um Spuren zu verwischen oder so, würde er keine Leine brauchen. Das kann doch nur heißen, dass Albertina noch lebt und dass Ernst und Bea sie suchen.“
Freddi nickte: „Es sieht aus, als ob der Hund entkommen wäre.“
Jana sah sehr erleichtert aus. „Ja. Jetzt kommt es nur noch darauf an, dass wir den Hund *vor* diesem miesen Verbrecher finden!“

VILLA WALDESRUH

Sie liefen an dem Bauernhof vorbei und standen kurz darauf vor dem petersschen Haus. Janas Eltern waren noch nicht zurück. In der Küche standen ein Rest Kartoffelsalat und die Waffeln, über die sie sich hungrig hermachten.

„Was macht wohl ein Hund, wenn er einen Schuss hört?", grübelte Miriam.

„Na – Artus würde schnurstracks nach Hause rennen und sich unter meinem Bett verkriechen. Der hat immer furchtbare Angst, wenn ein Auto eine Fehlzündung hat oder wenn es donnert", sagte Jana. Dann sprang sie auf: „Na klar! Der Hund ist nach Hause gelaufen!"

„Zu Ernst?", fragte Freddi ungläubig.

„Natürlich nicht zu Ernst. Albertina wurde doch

entführt. Sicher ist sie dorthin gelaufen, wo sie sonst wohnt. Hunde sollen doch einen genialen Ortssinn haben“, erklärte Jana. „Man sagt, dass Hunde ihren Heimweg immer finden.“

„Na – dann müssen wir jetzt nur noch im Umkreis von hundert Kilometern jedes Haus nach diesem Hund durchsuchen und in einigen Jahren ist der Fall gelöst“, spottete Freddi.

Jana schüttelte den Kopf. „Ich habe eine bessere Idee. Wenn ich Recht habe, geht es viel schneller.“

Sie lief ins Wohnzimmer und kam mit einer Wanderkarte der Umgebung zurück.

„Auf dieser Karte ist jedes Haus eingezeichnet. Hier – seht ihr? Das ist das Villenviertel von Thalheim. ‚Villa Tannengrün‘, ‚Villa Schöne Aussicht‘ … ah! Volltreffer! Hier, seht!“ Jana tippte triumphierend mit dem Finger auf die Karte. „Villa Waldesruh“ stand dort.

„Los – wir schwingen uns auf die Räder und fahren hin!“

Der kürzeste Weg vom Dorf in das Thalheimer Villenviertel führte durch den Wald. Es war genau der Weg, auf dem Ernst und Bea jetzt vermutlich nach Albertina suchten.

Deshalb mussten die Detektive über die Landstraße fahren, was erheblich weiter war. Freddi hatte das Rad

von Janas Mutter genommen, weil er der Größte von ihnen war.
Miriam fuhr auf Freddis Rennrad.
„Sag mal, Jana – woher wusstest du, dass du die Villa auf der Thalheimer Karte findest“, wollte Miriam wissen.
„Ich wusste es gar nicht – ich hatte es nur vermutet“, sagte Jana. „Als Ernst und Bea den Hund geholt haben, waren sie nur etwa eine Stunde weg. Erinnert ihr euch? Das war in der Zeit, in der wir im Hotel ausgeholfen haben. Wenn wir annehmen, dass sie eine halbe Stunde gebraucht haben, um den Hund zu entführen, bleiben fünfzehn Minuten pro Fahrt. Papi braucht auch eine Viertelstunde bis nach Hause, wenn er aus dem Büro in Thalheim kommt.“
„Gar nicht dumm“, nickte Freddi anerkennend. „Aber Ernst und Bea hätten auch sonstwo hinfahren können. Nach Mergelrath fährt man ebenfalls eine Viertelstunde.“
„Tja – da Ernst in Thalheim gewohnt hat, ist es aber wahrscheinlicher, dass er sich dort sein Opfer sucht“, erklärte Jana.
Sie bogen nun von der Landstraße in einen Wanderweg ein, der direkt zur Villengegend führte.
Hinter der letzten Laterne in der Straße hielt Jana an. Sie stand vor dem letzten Haus.

„Haus Sonnenschein“ stand auf dem Briefkasten.
„Hier sind wir falsch“, sagte Freddi enttäuscht.
„Wenn die Karte stimmt, müsste die ‚Villa Waldesruh‘ ein ganzes Stück von der Straße weg sein“, erklärte Jana.
„Das kann nicht sein. Dort hinten beginnt der Waldweg, der ins Dorf führt. Da steht kein Haus mehr“, behauptete Freddi.
„Doch – es könnte sein, dass es da ein Haus gibt“, grübelte Jana. „Neben dem Wanderweg steht doch dieser hohe Zaun aus Maschendraht.“
„Stimmt. Oben drauf ist ein Stacheldraht gespannt“, fiel ihr Freddi ins Wort. „Aber dahinter ist doch nur Wald.“
„Das habe ich bisher auch gedacht“, stimmte Jana zu. „Und wegen des Stacheldrahtes bin ich nie rübergeklettert. Es wäre doch möglich, dass dort ein Haus steht – mit einer Zufahrt von der anderen Seite. Kommt, wir gehen an dem Zaun entlang und schauen uns die Sache näher an.“
Sie ketteten die Fahrräder an den letzten Laternenpfahl. Jana nahm eine Taschenlampe aus der Fahrradtasche.
„Gut, dass ich die mitgenommen habe – gleich wird es nämlich dunkel“, meinte sie.
Der Zaun verlief von der Ecke aus in gerader Linie

neben dem Wanderweg. Nichts ließ darauf schließen, dass dahinter ein Haus stand. Man sah nur dichte Büsche und eine Wand aus hohen Tannen.
Nach einer Weile erreichten die Kinder die Stelle, an der der Zaun rechtwinkelig vom Weg nach rechts in den Wald abbog. Sie verließen den Weg und folgten dem Zaun.
Zunächst mussten sie sich ihren Weg durch Brennnesseln bahnen, was besonders für Jana unangenehm war, denn sie trug Shorts. Freddi und Miriam hatten lange Hosen an, sie gingen voran und versuchten, so gut es ging, einen Weg für Jana freizutrampeln.
„Ich glaube, Leiterin einer Urwaldexpedition zu

werden, ist doch nichts für mich“, knurrte sie.
Endlich wurde der Wald lichter und vor ihnen lag eine Straße. Wieder verlief der Zaun in einem rechten Winkel nach rechts und folgte der Straße.
„Da ist ein Tor mit einer Zufahrt“, rief Freddi und lief los. Am Tor war ein Metallschild angeschraubt. „Villa Waldesruh“ stand in Schnörkelschrift darauf. Und etwas kleiner darunter: „Gerd und Ingrid Perleburger“. Vom Tor aus konnte man nun eine weiße Villa sehen. Es war totenstill in der Straße. Sie schien nur zur Villa zu führen. Die einzige Straßenlaterne war offenbar kaputt.
Auch in der Villa selbst war alles dunkel.
„Wie geschaffen für Einbrecher“, stellte Jana fest. „In so einer Nobelhütte gibt's bestimmt viel zu holen. Kein Mensch würde mitkriegen, wenn hier eingebrochen wird.“
Freddi überlegte: „Ob die Perleburgers verreist sind? Das würde unseren Verdacht, dass Ernst einen Einbruch plant, bestätigen. Ich schelle einfach mal.“ Er drückte auf den Klingelknopf am Tor. Nichts rührte sich – im Haus blieb alles dunkel. Es war unheimlich still.
„Vielleicht stimmt es gar nicht, dass Hunde immer den Weg zurückfinden“, grübelte Jana. „Hier ist Albertina jedenfalls nicht. Lasst uns nach Hause fahren

und dort suchen. Vielleicht ist sie ins Dorf gelaufen."
„In Ordnung", stimmte Freddi zu. „Gib mir die Taschenlampe – ich gehe vor und leuchte. Außerdem habe ich keine Lust hier zu warten, bis die Einbrecher kommen."

Miriam zuckte zusammen. Daran hatte sie gar nicht gedacht! Natürlich – wer konnte sagen, ob die Einbrecher nicht gerade heute Nacht zuschlagen würden? Dann waren sie hier in Gefahr.

Die finstere Straße – das einsame, leere Haus – der dunkle Wald – alles wirkte so gruselig.

Da! War das nicht eine Gestalt hinter dem Baum? Der Einbrecher! Miriam traute sich nicht zu schreien, obwohl sie das am liebsten getan hätte. Jetzt – jetzt bewegte sich die Gestalt. Ein bleiches Gewand schwebte zwischen den Bäumen. Entsetzt bemerkte Miriam, dass die Gestalt keinen Kopf hatte und dass man durch sie hindurchsehen konnte. Miriam hatte noch nie einen Geist gesehen, aber dies musste einer sein – da war sie sich sicher. Sie packte Janas Arm. Jana hatte eine Gänsehaut. Sie sah es auch.

„Du Angsthase – das ist nur eine Plastikfolie, die sich im Wind bewegt", sagte Jana mit zitteriger Stimme.

„Kommt endlich", zischte Freddi ängstlich und hastete am Zaun entlang, in die Richtung, aus der sie gekommen waren.

„Kuwitt – Kuwitt", klang es aus dem Wald. „Ein Käuzchen", flüsterte Freddi und blieb stehen. „Nee du, da gehe ich kein zweites Mal her!" Jana drehte um. „Da sind mir zu viele Brennnesseln. Lass uns die Straße entlanggehen. Bestimmt gibt es irgendwo eine Querstraße, auf der wir zurück zu unseren Rädern kommen."
Die Brennnesseln waren nicht der einzige Grund, aus dem Jana nicht mehr durch den dunklen Wald zurück wollte. Aber das wollte sie Freddi nicht auf die Nase binden.
Freddi dagegen fürchtete, dass sie auf der Straße den Einbrechern in die Arme laufen würden. Er konnte sich gut vorstellen, dass die nicht gerade erfreut sein würden, wenn ihnen auf dem Weg zum Tatort Kinder in die Quere kämen. Immerhin hatten sie ja versucht Albertina beiseite zu schaffen. Und er hatte zu Hause noch nicht einmal Bescheid gesagt, wo er hingefahren war. Keiner würde ihnen helfen können.
Da hörten sie einen schaurigen, lang gezogenen Ton. „OOOWUUU...OUWWOUHUHU..."
Freddi ließ vor Schreck die Taschenlampe fallen.
„D...D...Das w...w...war aber k...k...kein Käuzchen", stammelte Miriam und klammerte sich an Freddi. „Hört sich an wie ein Wolf", flüsterte Freddi. „Lasst uns abhauen!"

Ein schwarzer Schatten sprang aus dem Gebüsch neben dem Tor und kam mit langen Sätzen auf sie zu.
„Der Wolf“, schrie Freddi auf.
In diesem Moment hatte das Tier sie erreicht, sprang an Jana hoch und leckte ihr das Gesicht.
„Mensch – das ist Albertina“, rief Jana. Vor Erleichterung musste sie lachen.
Freddi wich einige Schritte zurück. Er hatte Angst vor fremden Hunden, vor allem, wenn sie so groß waren.
Jana kramte einen Hundekuchen aus ihrer Tasche und gab ihn Albertina.
„Ich glaube, sie hat sich einsam gefühlt. Deshalb hat sie so geheult. Und jetzt freut sie sich uns zu sehen“, vermutete Miriam.
Albertina lief kläffend um die Kinder herum und wedelte mit dem Schwanz.
„Jetzt aber weg hier. Wir nehmen Albertina erst mal mit und lassen sie über Nacht in unserem neuen Büro“, sagte Jana. „Morgen sehen wir dann weiter. Ach – zu dumm. Ich habe vergessen eine Hundeleine mitzunehmen. Hat einer von euch einen Gürtel?“
Keiner trug einen Gürtel, aber Freddi hatte hohe Turnschuhe an. Er zog einen der Schnürsenkel heraus und reichte ihn Jana. Ihm war wohler, wenn dieser Hund angeleint war, auch wenn der Heimweg jetzt recht schwer fallen würde.

Sie gingen die Straße entlang, die am Ende des Grundstückes eine scharfe Kehre machte. Miriam ging voran und leuchtete, Albertina lief brav an dem Schnürsenkel neben Jana und Freddi schlurfte mit seinem offenen Turnschuh hinterher.
Plötzlich bog ein Auto um die Kurve und tauchte sie in grelles Scheinwerferlicht. Der Wagen hielt und die Türen öffneten sich.

ERWISCHT!

Im ersten Moment konnten die drei, die durch das helle Licht geblendet waren, nichts erkennen.

Wie Schattenrisse tauchten zwei Gestalten im Lichtkegel auf.

„Albertina! Da bist du ja. Wir haben uns solche Sorgen gemacht“, rief eine Männerstimme.

Ernst!

„Los – weg hier“, schrie Jana in Panik, drehte um und rannte, so schnell sie konnte. Miriam und Freddi folgten.

„Halt – bleibt stehen!“ Ernst und Bea waren dicht hinter ihnen. „Gebt den Hund heraus!“ Ernsts Stimme klang wütend.

Aber gleich würden sie den Wald erreicht haben und im dunklen Unterholz würden Ernst und Bea sie

sicher nicht mehr fassen können.
Nur noch wenige Meter bis zum Wald ...
Da passierte es: Freddi stolperte über seinen offenen Turnschuh und schlug hart hin. Wie benommen blieb er liegen und schnappte nach Luft. Jetzt war alles vorbei. Gleich würde Ernst „Das Spiel ist aus“ oder etwas Ähnliches sagen. Solche Szenen hatte Freddi schon zu oft im Fernsehen gesehen. Er schloss entsetzt die Augen.
Stattdessen hörte er Bea sagen: „Hast du dir wehgetan, Kleiner? Brauchst keine Angst vor uns zu haben.“
Vorsichtig öffnete Freddi die Augen. Bea und Ernst knieten neben ihm und sahen besorgt auf ihn herunter.
Jana und Miriam hatten mit Albertina den Wald erreicht, als sie bemerkten, dass Freddi fehlte. Im Gegenlicht der Scheinwerfer sahen sie, wie sich zwei Gestalten über ihn beugten.
„Mist – sie haben Freddi. Wir dürfen ihn nicht im Stich lassen“, keuchte Jana. Miriam nickte.
Ernst erhob sich und kam auf sie zu. „He – ihr zwei Mädchen. Wolltet ihr den Hund entführen? Kommt, bringt Albertina her. Ihr solltet euch besser um euren Kumpel kümmern, der hat sich das Knie aufgeschlagen.“

„*Sie* sind ja wohl der Hundesentführer“, brüllte Jana verzweifelt. „Nie würde ich Ihnen den Hund freiwillig geben, Sie Mörder. Aber ich hab ja keine Wahl. Wenn Sie Freddi freilassen, kriegen Sie den Hund.“
„Moment mal – mach mal halblang, du freches Biest“, sagte Ernst verärgert. „Hundesentführer? Mörder? Ihr habt wohl zu viele schlechte Fernsehkrimis gesehen, was? Wir sind doch nicht in einem Gangsterfilm! Ich kann euren Kumpel gar nicht freilassen, weil ich ihn nicht gefangen halte. Und den Hund kriege ich trotzdem. Komm her, Albertina!“ Er spitzte die Lippen und pfiff.
Albertina sah zwischen Jana und Ernst hin und her,

dann machte sie einen Satz auf Ernst zu. Jana versuchte sie daran zu hindern, aber es war einfach unmöglich, den großen Hund an einem Schnürsenkel festzuhalten.

„Komm zu mir, Albertina, mein Schatz. Zeig mal – bist du verletzt? Wir haben uns solche Sorgen gemacht“, murmelte Ernst.

Jana staunte – er schien den Hund tatsächlich auf Verletzungen zu untersuchen.

„Gib mir mal die Taschenlampe“, forderte er Miriam auf, die ängstlich zurückgewichen war. „Ach – bin ich froh, dass nichts passiert ist. Was hätten die Perleburgers gesagt, wenn sie Montagabend wiedergekommen wären und dem Hund wäre was passiert“, fuhr er fort. „Ich darf gar nicht daran denken. Ich habe mir solche Vorwürfe gemacht, dass ich den Hund im Wald von der Leine gelassen habe.“

Die drei wunderten sich. Heuchelte Ernst ihnen etwas vor, dass die Sterne vom Himmel fielen, oder war Ernst wirklich um Albertina besorgt?

Inzwischen hatte Bea den Verbandskasten aus dem Auto geholt und Freddis blutendes Knie mit einem Pflaster versorgt. Jetzt kam sie heran.

Erklärend wandte sie sich an Jana und Miriam: „Wisst ihr, Ernst hat den Hund übers Wochenende in Pflege, weil die Perleburgers verreist sind. Er kriegt ziemlich

viel Geld dafür. Nicht auszudenken, wenn dem Tier etwas zugestoßen wäre. Albertina ist nämlich ein sehr wertvoller Rassehund. Ein Afghane. Die Perleburgers wollen hier eine Hundezucht mit ihr anfangen."
„Diese Geschichte glaube ich nicht", sagte Jana zweifelnd. „Wir haben Sie in Dinkelsbach beobachtet. Sie haben den Hund entführt. Warum sonst haben Sie den Hund unter einer Decke in den Wiesenweg Nummer 14 geschmuggelt?"
Bea und Ernst brachen in schallendes Gelächter aus. „Ach – ihr habt uns also beobachtet? Nun – die Erklärung, warum wir den Hund versteckt halten mussten, ist einfach. Der Hausbesitzer erlaubt keine Tiere im Haus. Da an diesem Wochenende alle Hausbewohner verreist waren, dachte ich, es fällt nicht auf, wenn ich den Hund zu mir nehme. Leider ist Frau Trebitsch aber doch nicht weggefahren. Doch ich hatte Ingrid Perleburger fest zugesagt, dass ich auf den Hund aufpasse. Außerdem konnte ich das Geld gut gebrauchen."
„Ja – weil Sie arbeitslos sind", bemerkte Freddi, der mittlerweile herbeigehumpelt war.
„Mannomann – ihr seid ja gut informiert", staunte Bea. „Richtige, kleine Detektive."
„Allerdings", sagte Jana stolz. Auch wenn sie ahnte, dass ihr „Fall" sich in nichts auflöste. „Und wir

nehmen unsere Aufgabe sehr ernst. Können Sie beweisen, dass Sie den Hund in Pflege haben?"

Ernst lächelte. Mittlerweile fand er es lustig, dass die Kinder ihn überwacht hatten. Deshalb zog er seine Brieftasche heraus und sagte: „Hier ist der Scheck, den Frau Perleburger mir für die Hundepflege ausgestellt hat. Und dies ist der Futterplan, den sie mir mitgegeben hat."

Jana leuchtete mit der Taschenlampe auf den Zettel. „Mensch – was dieser Hund alles kriegt: Pansen in Gemüsebrühe, kaltgepresstes Distelöl, Diätkräcker, Naturreis mit Rindfleisch und Möhren ...", staunte sie. Dann sah sie sich den Scheck an.

„Sieht echt aus", sagte Miriam, die Jana über die Schulter sah.

„Dreihundert Mark. Für ein Wochenende Hundepflege! Wahnsinn." Freddi bekam große Augen.

„Das ist nicht zu viel, wenn man bedenkt, wie viel Schuhe, Teppiche und Möbel dieses Untier angeknabbert hat", bemerkte Ernst. „Und in die Ecke gepinkelt hat sie auch. Aber nun bin ich neugierig, was ihr euch für eine Geschichte zusammengereimt habt und seit wann ihr mich beobachtet. Wie seid ihr überhaupt darauf gekommen, mich zu beschatten? Erzählt mal!"

Jana war jetzt von Ernsts Unschuld überzeugt.

Sie reichte ihm die Papiere zurück und begann: „Also – es fing damit an, dass ich am Donnerstag ein Telefongespräch mitgehört habe, dass mir verdächtig vorkam …“

Dann erzählten die Kinder abwechselnd, wie sie ihn überwacht hatten. Wie sie Tante Leni über ihn ausgefragt hatten. Wie ihnen der Verdacht kam, dass Ernst einen Einbruch plante, weil er Spezialist für Alarmanlagen war, und wie sie ihm in den Wald gefolgt waren und ihn verdächtigt hatten Albertina beiseite geschafft zu haben.

„So schnell kann also ein unbescholtener Elektriker unter Verdacht geraten!“ Ernst grinste. „Ich hoffe doch, dass ihr eure Ermittlungsergebnisse nicht meinem Vermieter mitteilt. Sonst kündigt er mir am Ende die Wohnung.“

„Ehrenwort – wir halten dicht“, versicherte Jana, die nun sehr froh war, dass Ernst kein Schwerverbrecher war.

Freddi und Miriam nickten zustimmend.

„Ich wüsste bloß gerne, was das für ein Knall im Wald war. Natürlich hätte ich Albertina nicht von der Leine lassen dürfen. Denn sie hört noch nicht sehr gut auf mich. Aber mit so etwas habe ich nicht gerechnet. Ihr seid doch Detektive – könnt ihr nicht herausfinden, was das gewesen ist?“, fragte Ernst.

Jana grübelte. „Na – wir dachten, es wäre ein Schuss.“ Ganz in Gedanken griff sie in ihre Tasche und kramte nach einem Hundekuchen für Albertina. Dabei kam ihr ein Papierfetzchen in die Finger. Sie zog es heraus und starrte darauf.

Freddi beugte sich neugierig zu ihr herüber. „Zeig mal. Ist das ein Stück von einem Knaller?“

„Na klar! Der Knaller. Dass ich nicht gleich darauf gekommen bin. Bettina hatte einen vergessenen Silvesterkracher im Schreibtisch ihrer Eltern gefunden. Sie hat ihn mir mal gezeigt. Sie wollte ihn heimlich im Wald zünden.“

Und nun berichtete Jana von den Fußspuren und diesem verräterischen Papierfetzen, die sie im Wald entdeckt hatte.

„Morgen reiben wir dem CDM unter die Nase, dass wir über ihre Aktivitäten genau im Bilde sind“, freute sich Freddi. „Ha – die werden staunen und vor uns zittern. Dann ist ja der Fall restlos geklärt.“

„Nicht restlos“, unterbrach Bea. „Wie habt ihr herausgefunden, dass Albertina nach dem Knall hierhergelaufen ist? Wir sind erst am Schluss darauf gekommen, dass sie ja den Spazierweg durch den Wald kennt. Frau Perleburger hat mir erzählt, dass sie diesen Weg oft mit Albertina geht. Aber das konntet ihr doch nicht wissen.“

Jana klappte die Kinnlade herunter.
Miriam kicherte: „Nun ja – Jana glaubt an den untrüglichen Orientierungssinn von Hunden."
„Mit diesem Fall wart ihr aber ganz schön auf dem Holzweg", sagte Ernst lachend.

DIE SCHATZTRUHE

Es war Sonntagnachmittag. Vor dem alten Schuppen im Pfarrgarten stand ein festlich gedeckter Kaffeetisch auf drei Beinen und einer Tonne. Um den Tisch herum saßen auf Kisten und Klappstühlen Jana, Miriam, Freddi, Ernst und Bea, Frau Steinbrink und Pfarrer Blessmann.
Der Pfarrer erhob sich, klopfte mit dem Teelöffel gegen seine Tasse und sagte: „Hiermit erkläre ich das beste und einzige Detektivbüro in unserem Dorf für eröffnet."
Alle klatschten in die Hände. Die Detektive strahlten wie die Honigkuchenpferde.
Es gab Kaffee für die Erwachsenen und Kakao für die Kinder. Den Kuchen hatte Jana selbst gebacken. Er war obendrauf etwas schwarz geworden, aber das

störte keinen.
„Sagt mal – was haben denn eure Eltern dazu gesagt, dass ihr gestern noch so spät mit den Fahrrädern unterwegs wart?“, wollte Ernst wissen.
Jana kicherte fröhlich. „Wir hatten unwahrscheinliches Glück. Meine Eltern hatten eine Autopanne. Sie haben erst keine Werkstatt gefunden, die offen hatte – wegen des Feiertages. Fünf Minuten, nachdem wir zu Hause waren, kamen sie an. Wir haben uns ins Bett gelegt und so getan, als ob wir schliefen.“
„Ich hab auch Schwein gehabt“, antwortete Freddi. „Die Reisegesellschaft hat gestern einen ‚bunten Abend‘ veranstaltet. Meine Eltern waren bis tief in die Nacht im Restaurant. Sie haben auch nicht mitgekriegt, dass ich erst so spät nach Hause gekommen bin.“
„Na, dann ist es ja gut. Sagt mal – können wir die Hunde frei herumlaufen lassen? Sie verstehen sich so gut. Und der Garten ist doch eingezäunt, nicht wahr?“, fragte Ernst. Er hatte Albertina mitgebracht und Jana hatte Artus bei sich.
Frau Steinbrink nickte: „Sie müssen bloß aufpassen, dass die Hunde nicht durch das Rosenbeet laufen.“
Ernst und Jana ließen die Hunde von der Leine.
„Sagen Sie mal, Frau Steinbrink, haben Sie zufällig gestern so ein Funkgerät mitgenommen? Ich habe es

hier vergessen und jetzt ist es verschwunden“, sagte Freddi und zeigte ihr das andere Funkgerät.
Frau Steinbrink schüttelte den Kopf: „Nein. Ich war gestern gar nicht mehr hier im Schuppen.“
„Kaum ist ein Fall gelöst, gibt’s schon wieder Arbeit. Diebstahl eines Funkgerätes“, rief Jana und sprang auf. „Wir müssen sofort ermitteln.“
„Moment – “, unterbrach Ernst. „Wo stecken denn die Hunde? Hat einer gesehen, wo sie hingelaufen sind?“
Alle schwiegen betreten. Keiner hatte auf die Hunde geachtet, die eben noch auf dem Rasen herumgetollt waren.
„Weit können sie ja nicht sein“, bemerkte Frau Steinbrink. „Es sei denn, sie sind zum Bach gelaufen. Dort endet der Zaun.“
Die ganze Kaffeegesellschaft sprang auf und lief den kleinen Trampelpfad zum Bach hinunter.
„Da sind sie!“, schrie Freddi, der vorangelaufen war.
„Mensch, habe ich einen Schreck gekriegt“, seufzte Ernst erleichtert. „Noch einen Tag nach diesem Hund zu suchen hätte ich nicht durchgestanden. Gut, dass ich Albertina morgen wieder bei Perleburgers abgeben kann.“
„Sag mal – was machen die Hunde dort eigentlich?“, fragte Bea.
Von Artus und Albertina war nicht viel zu sehen. Nur

ihre Schwänze, ein brauner und ein beiger, ragten hinter einem Brombeerbusch hervor und wippten auf und ab.

Jana ahnte etwas. „Ich glaube, die graben nach etwas", sagte sie und kämpfte sich durch hohes Gras.

„Himmeldonnerwetter – was ist denn das für ein Krater?" Frau Steinbrink blickte empört auf das große Loch, in dem die Hunde buddelten. „Das können die Hunde doch unmöglich alleine in so kurzer Zeit gemacht haben!"

Jana und Freddi blickten verlegen in die Luft.

„Ähm – wir haben uns hier mal nach dem Geheimgang umgesehen ... Sie wissen schon ...", druckste Freddi.

„So so. Wieder dieser Geheimgang! Eins sage ich euch – dieses Loch wird wieder zugeschüttet, und zwar sofort!“ Frau Steinbrink blickte sie sehr streng an.

„Oje – Albertina sieht ja furchtbar aus. Ich glaube, wir werden heute Abend eine Menge zu tun haben, damit Frau Perleburger sie wieder erkennt“, stöhnte Bea.

In der Tat ähnelte der eben noch seidig gelockte Rassehund jetzt eher einem verfilzten Putzlumpen.

Ernst versuchte den Hund am Halsband zu erwischen. Das war allerdings nicht einfach, denn Albertina steckte tief in dem Loch. Sie grub so verbissen, dass die Dreckklumpen wie kleine Geschosse durch die Luft wirbelten. Und Artus versuchte mit den Zähnen etwas zu fassen, das in der Erde steckte.

Schließlich hatten sie die beiden Hunde herausgezogen und an die Leine genommen.

„Was haben die denn da entdeckt“, wunderte sich Ernst. „Sieht aus wie eine Holzkiste.“

„Der Schatz! Sie haben den Schatz gefunden!“ Jana platzte bald vor Stolz. „Aus meinem Artus wird doch noch ein prima Detektivhund!“

Und schon saßen statt der zwei Hunde drei Detektive in dem Loch und schaufelten mit den Händen die Erde heraus, die die Hunde losgewühlt hatten.

Auch die Erwachsenen waren gespannt, was zum Vorschein kommen würde.

Sogar Frau Steinbrink war nun so neugierig, dass sie nichts gegen die Grabungsarbeiten unternahm.
„Eine sehr große Kiste, es ist wirklich eine Holzkiste. Und noch so gut erhalten“, staunte Freddi.
„Also – Gold kann nicht darin sein“, vermutete Miriam, als sie die Kiste aus dem Loch hoben, „dafür ist sie zu leicht.“
Jana gab die Hoffnung nicht so schnell auf: „Es wäre wohl zu viel verlangt, wenn die Kiste randvoll wäre. Ein kleiner Schatz reicht ja auch. Ein wertvolles Perlenkollier oder eine Diamantbrosche. So was wiegt nicht viel!“
Sie griffen alle drei nach dem Deckel und schlugen ihn gemeinsam zurück.
Ungläubig starrten sie auf den Inhalt der „Schatztruhe“.
Frau Steinbrink hatte sich als Erste wieder gefasst und prustete los: „Ha, ha! Klopapier! Himmeldonnerwetter, Klopapier! Nicht zu fassen.“
Schön ordentlich in Folie verpackt, lagen siebenunddreißig Toilettenpapierrollen in der Kiste.
Freddi erkannte sie sofort. Es waren die Rollen, die aus dem „Wilden Schwein“ verschwunden waren. Er lief vor Wut rot an und brüllte: „Diese Halunken. Diese Schufte! Uns so hereinzulegen! Das gibt Rache! Diese … diese …“

Ernst blickte verwundert zwischen den Kindern hin und her: „Ja – wisst ihr denn, wer die Rollen hier vergraben hat? Und warum seid ihr deshalb so böse?“
Miriam erklärte ihm, dass das Toilettenpapier am Freitagabend aus den Hotelzimmern verschwunden war.
Freddi fuhr fort: „Ja – und seitdem erkundigen sich Björn, Ivo und Bettina ständig, ob wir nicht weiter nach dem Geheimgang graben wollen. Das kam uns gleich so verdächtig vor.“ Er gab der Kiste wütend einen Tritt, sodass sie umkippte und die Toilettenpapierpakete ins Gras kullerten.
„Seht euch das an! Da klebt ein Zettel auf dem Boden der Kiste“, rief Jana und las vor: „Hallo, ihr armseligen Armleuchter von Detektivlingen und Dreckwühlern! Hier ist euer Schatz. Jetzt habt ihr zwar die Beute, aber wer ist der Täter? Ermittelt mal schön, falls ihr überhaupt so viel Grips habt. Und verrenkt euch nicht eure grauen Zellen. Die drei Totenköpfe.“
Miriam grinste: „Damit ist der ‚Fall der verschwundenen Klopapierrollen‘ also auch aufgeklärt.“
„Und das Diebesgut ist sichergestellt“, bemerkte Jana. „Außerdem bin ich mir jetzt auch ziemlich sicher, wer dein Funkgerät hat, Freddi. Es würde mich nicht wundern, wenn die Täter in der Nähe sind und uns beobachten.“

Sie holte das andere Funkgerät, schaltete es ein und sprach hinein: „Hallo, ihr gammeligen Moderköpfe. Könnt ihr mich hören?“
Aus dem Funkgerät kicherte es.
„Ihr werdet eure Taten noch bereuen, da könnt ihr sicher sein“, rief Freddi in das Funkgerät.
„Oh – wir trauen uns vor Angst schon nicht mehr aus dem Haus“, kam die höhnische Antwort.
Es hörte sich nach Björns Stimme an.
Jana schaltete das Funkgerät ab. „Jetzt müssen wir uns was einfallen lassen. Wenn man in seinem eigenen Detektivbüro schon nicht mehr sicher vor solchen Halunken ist ...“, grübelte sie.
„Dagegen kann man etwas tun“, sagte Ernst. „Ich schlage euch einen Handel vor: Ihr bürstet heute Abend Albertina so lange, bis sie wieder wie ein Hund aussieht, und ich baue euch eine Alarmanlage in euer Detektivbüro ein. Ich hab noch eine alte zu Hause.“
„Genial“, jubelte Jana. „Die Moderköpfe werden vor Schreck tot umfallen, wenn sie wieder hier herumschleichen und der Alarm geht los. Könnten wir nicht zusätzlich noch einen Eimer Wasser über der Tür anbringen?“
Frau Steinbrink schüttelte den Kopf: „Oh, Herr Pfarrer. Ich befürchte, es kommen unruhige Zeiten

auf uns zu – jetzt, da wir ein Detektivbüro im Garten haben.“

JULIA VOLMERT

wurde 1965 in Warburg geboren. Nach dem Abitur arbeitete sie zunächst im Kindergarten, in einer Werbeagentur und Siebdruckerei, dann studierte sie Anglistik und Gestaltungstechnik an der Universität Wuppertal und anschließend Grafik-Design an der Fachhochschule Düsseldorf.
Neben weiteren Bänden über die „Drei Detektive " und dem Kinderroman „Das halbierte Hexenbuch" sind bereits einige Bilderbücher von ihr erschienen.

Die Bilderbücher von *Julia Volmert:*

Rosie oder Die hundertste Kokosnuss
24 Seiten, ab 3 Jahren, dritte Auflage
Pina macht große Sprünge
24 Seiten, ab 3 Jahren, zweite Auflage
Alle wollen Archie
32 Seiten, ab 3 Jahren, zweite Auflage
Ein Wunsch frei oder Lisa will anders sein
32 Seiten, ab 4 Jahren
Kleiner Löwe Lukas
10 Seiten, ab 1 Jahr

Weitere Bücher von
Julia Volmert

DREI DETEKTIVE AUF DER MEHLSPUR
von *Julia Volmert*
128 Seiten, ISBN 3-930299-00-3
ab 6 Jahren, 3. Auflage

Aus der Dorfkirche verschwinden 120 Mark in kleinen Münzen. Der Pfarrer macht gerade drei Tage Urlaub und die Pfarrhaushälterin Frau Steinbrink möchte nicht sofort die Polizei einschalten. Also erteilt Frau Steinbrink Jana und Miriam den Auftrag, die Spur des verschwundenen Kollektengeldes aufzunehmen. Schon bald haben die zwei den Verdacht, dass sich nachts jemand in der Dorfkirche herumtreibt. Zusammen mit Freddi, dem dritten Detektiv, streuen sie eine dünne Mehlschicht in der Kirche aus um einen Fußabdruck des Kollektendiebes zu bekommen. Am nächsten morgen finden sie tatsächlich einen Fußabdruck. Doch der ist unheimlich groß und keiner im Dorf hat so große Füße. Mit Witz und Verstand klären die drei Detektive den Fall auf, auch wenn zuletzt alles etwas anders kommt, als sie es sich gedacht haben.

DREI DETEKTIVE AUF FALSCHER FÄHRTE
von *Julia Volmert*
128 Seiten, ISBN 3-930299-10-0
ab 6 Jahren

Der dritte Band über die 'DREI DETEKTIVE'. Wieder unabhängig von den anderen Bänden zu lesen, ermitteln Jana, Freddi und Miriam diesmal in eigener Sache. Miriams Mutter wird die Arbeit gekündigt, weil sie beschuldigt wird eine wichtige Diskette an ihrem Arbeitsplatz gestohlen zu haben. Also machen sich die 'Drei' auf die Suche nach dem wirklichen Dieb um die Unschuld von Miriams Mutter zu beweisen. Hierbei geht es wieder turbulent und witzig zu. So muss z. B. Freddi, der diesmal unter dem Decknamen Stefan Müller ermittelt, um einen Backenzahn fürchten, als er beim Zahnarzt für den echten Stefan Müller gehalten wird.

Weitere Bücher von Julia Volmert

DREI DETEKTIVE LÖSEN DEN PFERDEFALL

von *Julia Volmert*

128 Seiten, ISBN 3-930299-21-6

ab 6 Jahren

Jana, Miriam und Freddi ermitteln wieder! Als Jana heimlich im Detektivbüro übernachtet, sieht sie auf der gegenüberliegenden Bachseite ein gespenstisches, weißes Pferd. Da Jana nicht an Gespenster glaubt, sucht sie am nächsten Tag nach Pferdespuren und findet ein verlorenes Hufeisen. Sofort beginnen Jana, Freddi und Miriam mit den Ermittlungen, denn sie wollen in jedem Fall herausfinden, welches Geheimnis hinter dem "Geisterschimmel" steckt. Und es trifft sich gut, dass Freddi sich in ein pferdebegeistertes Mädchen verliebt hat, sodass er ihr zuliebe Reitstunden nimmt. Dabei stößt er im Reitstall auf eine interessante Entdeckung...!

DAS HALBIERTE HEXENBUCH

von *Julia Volmert*

128 Seiten, ISBN 3-930299-13-5

Originalausgabe, 2. Auflage

Hexe Xenia langweilt sich und macht deshalb in ihrem Haus einen 'Überraschungstag'. Sie verhext ihre Sachen so, dass sich die Inhalte der Dinge vertauschen. So sind nun in der Suppenschüssel die Goldfische, dafür ist die Suppe im Aquarium. Leider vertauscht sich auch der Innenteil ihres Hexenbuches mit einem Kräuterbuch, das Xenia, nichts ahnend, auf dem Flohmarkt verkauft. Als sie diese 'Überraschung' bemerkt, macht sie sich auf die Suche nach dem Jungen, der das vermeintliche Kräuterbuch gekauft hat. Als der Junge merkt, dass er mit Hilfe des Buches hexen kann, wird es turbulent. Sein erstes Opfer ist Hamster Carlos, der sich statt in den heiß ersehnten Hund in eine meckernde Ziege verwandelt!
Der Mond auf dem Umschlag leuchtet im Dunkeln!

Weitere Bände der Kinderkrimi-Reihe Detektive & Halunken

MATTHIAS UND DIE TEPPICHDIEBE

von *Michael Harrison*

128 Seiten, ISBN 3-930299-20-8

ab 6 Jahren

Matthias' Lehrerin hat eine tolle Klassenfahrt vorbereitet. Mit dem Schiff zum ältesten erhaltenen Wandteppich des Mittelalters, zum Teppich von Bayeux in Frankreich. Der Treffpunkt für die Klasse ist die Autofähre. Obwohl Matthias verschläft, kommt er noch im letzten Augenblick auf das Schiff. Doch leider stellt sich bald heraus, dass Matthias das falsche Schiff erwischt hat. Auf der Fähre belauscht er ein Gespräch, in dem zwei Männer offensichtlich planen ein Stück des wertvollen Bayeux-Teppichs zu klauen. Klar dass Matthias das verhindern muss. Nur leider findet die Wachmannschaft des Teppich-Museums Matthias' Diebstahl Verhinderungs-Einfälle nicht ganz so gut, wie es sich Matthias erträumt hat.

OLLI, MARCO UND RIESENBABYS BANDE

von *Gerda Wagener*

128 Seiten, ISBN 3-930299-12-7

ab 8 Jahren

Der 6. Band in der erfolgreichen Krimireihe 'Detektive & Halunken!' Eigentlich wünscht sich Olli gegenüber Mädchen nicht mehr so schüchtern zu sein. Als er mit seinem besten Freund Marco seine Tante in Mecklenburg besucht, trifft er dort mit Betty und Nele zusammen, zwei Mädchen in seinem Alter. Am Badesee entdecken die vier in den Überresten eines Lagerfeuers geheimnisvolle Papierreste, die auf einen Wahlbetrug bei einer Bürgerbefragung schließen lassen. Hat die Bande von 'Riesenbaby', die im Wald nahe des Badesees eine echte Palisadenburg mit unterirdischem Versteck besitzt, etwas mit diesen Vorgängen zu tun? (Spannend)

Noch ein kleiner Tipp für alle Detektive & Halunken.
Stellt man zwei Bände der Kinderkrimi-Reihe nebeneinander, ergibt sich auf den Buchrücken eine neue Schattenfigur. Das funktioniert bei jedem Band der Reihe und jeder Titel hat andere Figuren, sodass sich, wenn die Bände nebeneinander gestellt werden, viele verschiedene 'Detektive & Halunken' gegenseitig verfolgen.

Originalausgabe, 2. Auflage
gesetzt nach der neuen Rechtschreibung

Julia Volmert und Frank Zimmermann
Zur Düssel 6, Wuppertal

Satz: Michael Fischer Druckvorlagen,
Wuppertal-Vohwinkel

ISBN 3-930299-04-6